화산전생

정준 신무협 장편소설

ORIENTAL FANTASY STORY & ADVENTURE

★
dream
books
드림북스

화산전생 8

초판 1쇄 인쇄 2017년 12월 21일
초판 2쇄 발행 2018년 7월 23일

지은이 정준
발행인 오영배
기획 박성인
책임편집 이신옥
표지 일러스트 eunae
디자인 권지연
제작 조하늬

펴낸곳 (주)삼양출판사 · 드림북스
주소 서울시 강북구 도봉로 173
대표 전화 02-980-2112 팩스 02-983-0660
편집부 전화 02-980-2116 팩스 02-983-8201
블로그 blog.naver.com/dreambookss
출판등록 1999년 3월 11일 제9-00046호

ⓒ 정준, 2017

ISBN 979-11-283-9281-8 (04810) / 979-11-283-9192-7 (세트)

드림북스는 (주)삼양출판사의 판타지 · 무협 문학 브랜드입니다.

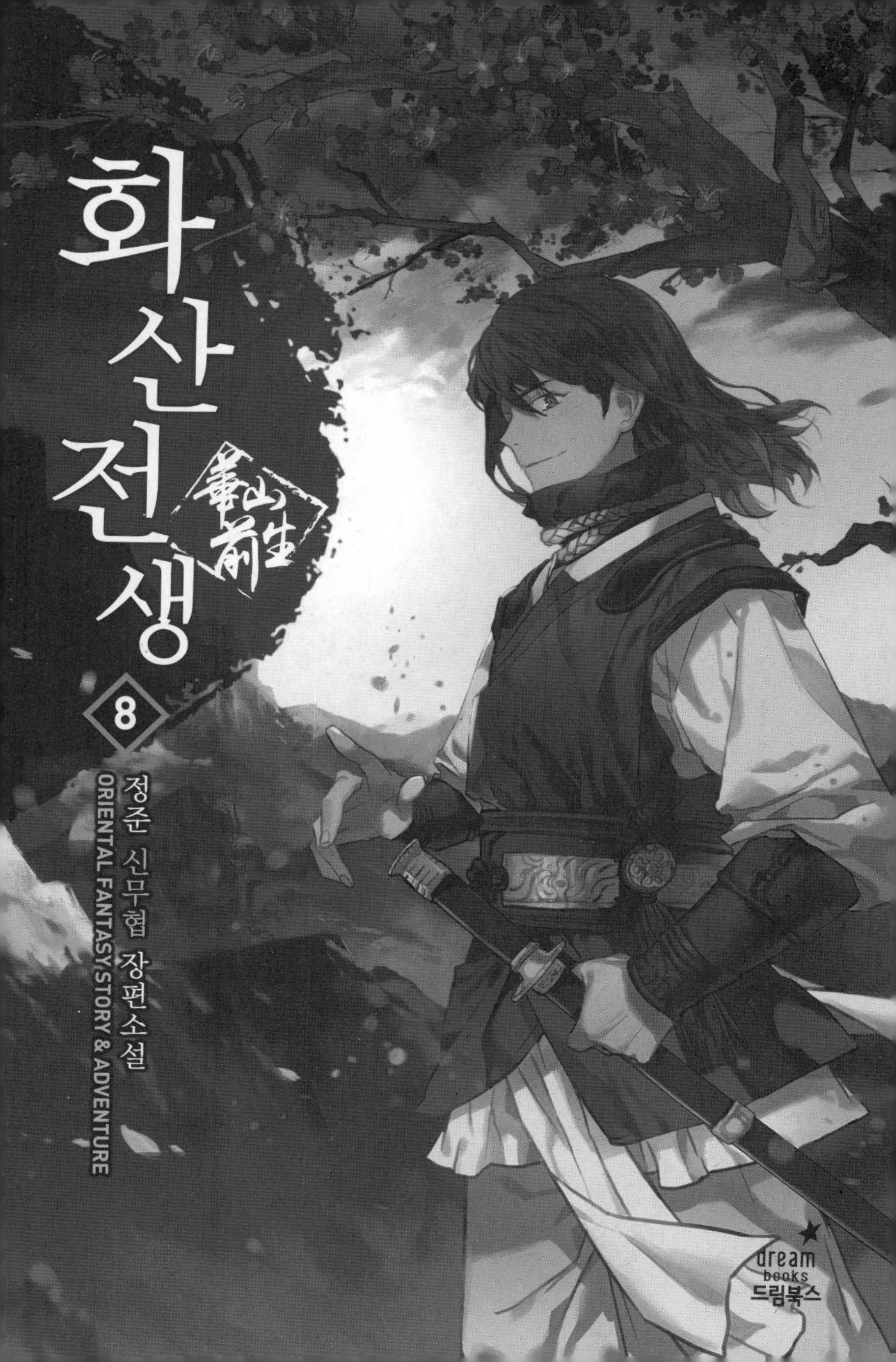
화산전생
華山前生
8
정준 신무협 장편소설
ORIENTAL FANTASY STORY & ADVENTURE
dream books
드림북스

목 차

第一章
오격권자(五擊拳子)

　옥형은 암살과 감시를 맡고 있어서 이렇게 대외적인 일에는 모습을 잘 드러내지 않는다.

　그렇다면 천권과 개양 중 한 명인데, 칠성사 내에서 무력을 상징하는 개양치곤 약해 자연스레 천권을 떠올렸다.

　세력 간의 균형을 유지하고, 간자들을 통해 천선과 연계하여 정보를 얻어 내는 천권성. 사도천에 잠입하여 담리백을 뒤에서 조종하는 역할로는 알맞았다.

　"뭐, 뭐야?"

　"도대체 무슨 일이 벌어진 거지?"

　주변에서 무사들의 수군거림이 들려왔다.

주서천은 시선과 수군거림을 무시한 채, 숨을 거둔 철무명환의 시신을 어깨에 둘러메고 몸을 돌렸다.

등을 돌리니 붉은 기왓장의 전각이 보였다. 저기에서 날아왔는데, 거리가 제법 됐다.

'이게 얼마 만의 고통이더라.'

이마에서 흐르는 피를 소매로 슥 닦았다. 왼팔은 부러져서 쓸 수 없다.

소모한 내공도 제법 많아서 탈력감이 들기 시작했다. 허벅지 근육이 심하게 당겨 왔다.

그러나 이 통증이 생각보다 나쁜 건 아니었다. 위기감이 솟구쳤지만, 묘한 상쾌감이 느껴진다.

피식 웃곤 전각을 향해 걸었다. 그의 앞을 막는 사람들은 없었다. 마치 파도처럼 옆으로 슥 갈라졌다.

"허어, 저런 고수가 있었던가?"

"잠깐, 저거 내단검문주 아니야?"

"정말이잖아! 철무명환이다!"

"문주님!"

사파인들이 그제야 눈치채고 놀란 목소리를 냈다.

특히나 내단검문의 동요가 심했다. 마음 같아선 뛰쳐나가 구해 내려 했지만 이상하게 발이 안 떨어졌다.

주변의 모두가 주서천에게서 심상치 않은 기세를 느끼고

감히 접근하지도 못했다.

'유령보.'

그 강렬한 시선 속에서, 주서천은 대기에 녹아들 듯이 사라졌다. 괜한 싸움에서 벗어나기 위함이다.

몸이 정상이라면 모를까, 좋지 않은 상태에서 싸웠다간 이후에 제대로 된 대응을 할 수 없을지 모른다.

"헉! 사라졌어!"

"도대체 무슨 일이 일어난 거지?"

"귀신이 곡할 노릇이군."

사파인들이 귀신에 홀린 얼굴로 중얼거렸다.

"크하악!"

담리백이 만신창이가 된 몸으로 나가떨어졌다. 대리석으로 된 바닥을 구르니 뼈마디가 욱신거렸다.

자리에서 일어나 눈을 치켜떴지만, 그뿐. 사도천주에게 어떠한 피해도 주지 못했다.

'졌다.'

'이럴 수가.'

임초건과 갈홍석의 얼굴에 시커먼 그림자가 꼈다.

궁귀검수가 철무명환을 데려가면서 결과는 이미 정해졌다. 상천십좌는 감히 혼자 감당할 수 있는 상대가 아니다.

지금까지 버틴 것만 해도 기적이었다.

"지금이라도 기회를 주마."

사도천주가 엄숙한 목소리로 말했다.

"모든 걸 실토한 뒤, 자결해라. 내 그럼 편히 죽을 수 있도록 손써 주마."

"아비가 아들에게 자살하라고 하다니, 거참 너무한 거 아니요? 완전히 패륜이구려."

담리백이 '흐흐흐' 하고 웃으면서 중얼거렸다.

"허, 참."

사도천주가 어이없다는 듯 헛웃음을 흘렸다.

임초건이나 갈홍석의 표정도 별반 다를 것 없었다.

"하기야, 자식을 장기 말로 사용하는 양반인데 부성애 같은 것이 있을 리가 없지……."

담리백이 마음에 안 든다는 듯 눈에서 혈광을 내뿜었다. 그의 발밑에서 붉은 실 자락이 넘실거렸다.

"인제 와서 불쌍한 척을 할 거라면 늦었다."

"으하하, 불쌍한 척? 헛소리. 내 숙원을 풀 기회가 왔는데 내가 뭐하러 그런 짓을 해야 하나?"

미약하게나마 지키던 예우도 사라졌다.

이젠 아비가 아니라 원수를 보는 시선이었다.

"어리석은 놈."

사도천주가 노기 어린 눈으로 담리백을 노려봤다.

마지막으로 베풀어 준 아량도 거절했다. 이젠 주저할 필요 없었다.

그사이 담리백의 혈광이 짙어졌다. 피부 위로 퍼런 핏줄과 힘줄이 도드라졌다. 살기도 쏟아져 나왔다.

마치 지닌 힘을 전부 개방하듯, 소름 끼칠 정도의 핏빛 줄기가 뿜어져 나왔다. 그동안 빨아들인 혈액을 증명하듯 코가 마비될 정도로의 혈향이 맡아졌다.

"죽어랏!"

담리백이 몸을 날렸다. 혈안흡혈공이 극성으로 치솟았는지, 흰자까지 시뻘겋게 물들었다.

확실히 몸서리칠 정도의 파괴력이었다. 괜히 마공이 아니다.

푸후욱!

"커헉!"

그러나 승패는 결정됐다. 어떠한 반전도 놀람도 없다. 사도천주의 손바닥이 담리백의 흉부를 후려쳤다.

핏빛으로 일렁이는 강기가 수도에 실렸지만, 그 끝자락조차 사도천주에게 접근하지 못하고 사라졌다.

"원, 통…… 하도다……."

담리백이 미련 가득한 눈으로 사도천주를 노려봤다.

사도 통일이 눈앞에 있었거늘, 막혀 버렸다.

아비를 죽이고 천하제일인이 될 줄 알았다.

그러나 그 꿈을 이루지 못한 채 끝났다.

스스슥.

"쯧!"

사도천주가 마음에 안 드는 듯 눈살을 찌푸렸다.

아무리 매정하다 할지라도, 친자식을 자기 손으로 죽이는 건 결코 기분이 좋지 않다.

게다가 정보를 수집하지 못한 게 아쉬웠다. 죽이지 않고 살리려 했지만, 괜히 조절했다가 저 섬뜩하게 느껴지는 혈강기에 당하기라도 하면 치명상을 면치 못했으리라.

"끝났군."

일찍이 도착해, 부자(父子)의 혈투를 지켜보던 주서천이 중얼거렸다.

*　　*　　*

패륜아의 반란.

소천주로 알려진 담리백이 일으킨 반란이 끝났다.

"상식적으로 생각해서 누가 이길지는 뻔하지."

"상천십좌에게 대들다니, 미친 게 틀림없군."

"마공을 익히지 않았는가. 그럴 수밖에."

이 소란은 순식간에 무림, 아니 중원을 넘어서 새외까지 퍼졌다. 한 획을 그은 사건이니 당연했다.

안휘, 무림맹.

사파의 영원한 숙적, 정파도 이 소식에 민감했다.

개방의 거지들을 풀어 정보를 수집하도록 명했다.

"허어, 사이가 좋지 않다곤 들었지만 설마 이 정도일 줄 이야."

남궁위무가 의외라는 표정을 지었다.

내전의 시작이었던 담리백의 마공 수련.

정파는 그 소식을 처음 들었을 때 반가워했다. 사파에 대한 세간의 평가를 낮출 수 있어서였다.

실제로 백성들의 입에서 사파를 욕하는 소문이 돌기 시작했다.

남궁위무는 이를 노리고 싸우기도 전에 입소문을 통해 사파에 타격을 입혔다.

이때만 해도 일이 이렇게 커질지는 몰랐다.

사도천주 성격상 난봉꾼 아들을 가만히 내버려 둘 리 없으니, 투옥하거나 죽여 끝낼 거라 생각했다.

그래서 군사진도 어떻게 해야 이 사건을 효율적으로 키워서 사파에게 타격을 줄지 고민하던 중이었다.

한데 이게 웬일인가. 아무것도 하지 않았는데 사도천에서 대대적인 내전이 터졌다.

"사도팔문 중 반절이 소천주에게 붙었었다고?"

남궁위무가 어이없는 표정을 지었다. 무림맹의 장로진도 매한가지였다.

툭 까놓고 말해서, 미친 짓 그 이상도 그 이하도 아니었다. 마공을 수련한 자를 세력의 반이 편들다니.

"어디인가?"

"야수문, 쌍도문, 술진문, 그리고 내단검문입니다."

부군사, 제갈상이 답했다.

"사도팔문이 사도사문이 되겠구나."

사도천주에게 용서란 건 없다. 특히나 배반자가 나온다면 그 친척까지 싸잡아서 처리한다.

괜한 불안이나 위협을 만들지 않기 위해서였다. 실제로 반란이 끝나자마자 그들을 잡아들였다.

반란의 주역이 된 사도사문과 관련이 있는 자들은 혹시라도 괜히 꾀일 것을 두려워 숨기 시작했다.

"문주들은 어떻게 됐나?"

"야수문주 임초건과 쌍도문주 갈홍석은 단전이 폐해진 채 투옥됐고, 술진문주 나각과 내단검문주 철무명환은 사망했습니다. 그런데 여기서 흥미로운 건 사도천주에게 죽은 것이 아니라는 점입니다."

제갈상은 개방이나 여타 정보 단체에서 수집해 온 것을 축약하여 알기 쉽게 보고하였다.

그리고 내전이 일어난 경위 등 자세한 과정에 대해서도 빠짐없이 이야기했다.

과연, 개방. 내전이 일어난 지 얼마 되지도 않았는데 사소한 것 하나 놓치지 않고 정보를 수집해 왔다.

괜히 정파의 눈이자 귀가 아니다.

"음? 이상하군. 당시 전장이 된 사도천의 본부에는 이렇다 할 고수가 없어 위험하다고 하지 않았는가?"

나각이야 그렇다 쳐도, 철무명환은 혜성처럼 나타나 천하백대고수의 자리를 차지한 화경의 고수였다.

그러니 당연히 사도천주가 쓰러뜨린 줄 알았는데, 그게 아니라니. 그럼 도대체 누가 상대하였는가?

"궁귀검수요."

군사, 제갈중호가 슬그머니 나타났다.

"궁귀검수? 내가 아는 그 궁귀검수 말인가?"

끄덕.

"뜬금없군."

남궁위무가 궁금해했다.

폭섬도문의 멸문에 결정적인 역할을 한 사파의 고수. 그러나 그 이후 행적이 불분명해 찾지 못했다.

보통 인물이 아닌 듯하여 개방도를 풀어 찾아보았지만, 사도천과 마찬가지로 무림맹에서도 찾아내지 못했다.

그런데 또 이렇게 땅에서 솟아난 것처럼 나타났다.

"하오문의 장로라는 말이 있네."

"그건 또 뭔 소리인가?"

남궁위무가 제갈중호의 말에 어이없어했다.

폭섬도문주 구종과 내단검문주 철무명환과 정면으로 싸워 승리한 궁귀검수는 최소 화경의 고수다.

그런데 그러한 고수가 하오문의 장로라니.

아무리 흑도 방파 중 제일이라는 하오문이라 할지라도, 그러한 고수를 장로로 둘 정도로 크지는 않다.

하물며 문주라면 모를까 장로다. 도저히 상식적으로 이해할 수 없는 일이었다.

"그래서 군사진도 헛소문이 아닌가 싶어 조사 중입니다."

"과연. 그럼 그쪽은 맡기겠네, 부군사."

"맡겨만 주십시오."

"그렇다면, 그 궁귀검수는 지금 어디에 있나?"

"그게……."

제갈상은 쓴웃음을 지으며 말꼬리를 흐렸다.

"사라졌네."

제갈중호가 한숨을 푹 내쉬었다.

*   *   *

사도천에 거센 돌풍이 불었다. 피바람이었다.

반란에 관련된 자들은 전부 잡아들이라는 명령이 떨어졌다. 대부분이 죽거나, 뇌옥에서 고문을 받았다.

야수문, 쌍도문, 술진문, 내단검문.

하루아침에 문주를 잃은 사도사문은 몰락의 길을 걸었다.

"모, 목숨만은!"

"저희는 문주가 시키는 대로 했습니다!"

"어떻게 사도천주님께 대항하겠습니까!"

목숨이 아까운 자들은 투항하면서 그동안의 일이나, 혹은 사문의 보금자리 등에 대해 고했다.

"으아악!"

"크악!"

"사형이 배신했다고? 이런 호로자식!"

사도천주는 이 정보를 토대로 도망자들을 잡아들여 처형시키거나 또 다른 정보를 토하게 만들었다.

천주의 아군이자 네 곳밖에 남지 않은 사도천의 최대 세력들은 옳다구나 하면서 정리를 도왔다.

여덟 개로 분산된 권력이 넷으로 쪼개졌으니 싫어할 리 없었다. 적극적으로 나서서 반란의 뒷정리에 힘썼다. 그중 몰락한 가문의 재물을 빼내는 일이 있었으나, 사도천주는 도와주는 값으로 쳐 눈감아 줬다.

"궁귀검수라……."

한편, 사도천주도 궁귀검수에 대해 알아봤다.

도와준 것은 고마우나, 석연치 않은 점이 많다. 힘을 보탰다고 그걸 가만히 놔둘 사람이 아니다.

그래서 하오문주가 된 인독종, 강능초에게 서신을 보내 봤으나 알려 줄 수 없다는 답장이 돌아왔다.

"하오문 주제에 건방지군!"

"주제도 모르는 것들이……."

"전부 죽여야 합니다!"

성격이 급한 자들은 건방지다며 불같이 화를 냈다. 당장 강능초를 잡아 족쳐야 한다면서 날뛰었다.

그러나 참모진의 의견은 달랐다.

"천주님, 내전으로 세력이 약해졌습니다."

"안 그래도 술진문이 몰락하게 되면서 정보력이 약해졌습니다. 불쾌하셔도 참으셔야 합니다."

사도천의 전력은 떨어질 수밖에 없었다. 주요 세력인 사도사문이 배반을 했으니 당연한 결과였다.

정파와 마도이세의 눈초리가 많이 험해졌다. 얕보이지 않으려면 정보력과 전력을 보충해야만 했다.

이런 상황에서 하오문과 척을 지는 건 좋지 않다. 마찬가지인 이유로 배반자들 중에서도 깊게 관여하거나 수상쩍은 놈들을 제외하곤 투항을 받아들여 줬다.

'마치 영웅이로군.'

아무런 보답 없이 도와주곤 사라진다.

어릴 적에 읽었던 영웅지의 내용을 떠올리며, 사도천주는 산처럼 쌓인 서류 더미로 시선을 옮겼다.

$$* \qquad * \qquad *$$

사도천이 약해졌다. 심각할 정도의 수준은 아니다. 그래도 괜한 욕심에 움직일 수 없을 정도는 된다.

주서천은 여기에서 만족하기로 했다. 여기서 괜히 손을 대면 어떠한 변수를 부를지 모른다. 그래서 관여되지 않도록 아무 말도 하지 않고 빠져나왔다.

강능초에게서 사도천주에게 서신을 받았다는 소식을 들었다. 비밀을 지켜 줬다는 소식에 조금 안도했다.

'천권을 죽였다.'

천선에 이어 천권을 처리했다. 장족의 발전이다.

이걸로 간자도 제대로 조종할 수 없게 됐다. 천기가 대신 도맡겠지만, 예전보다 못할 것이 분명하다.

입가에 웃음이 절로 지어졌다. 과거에는 이름도 남기지 못한 무사가 이런 업적을 세울 줄이야.

"사파의 영웅?"

이번 일로 궁귀검수의 명성이 매화정검에 부족하지 않을 정도로 커졌다. 기분이 묘했다.

정파인인데 사파의 고수라고 불리다니. 사람들이 이걸 안다면 얼마나 놀랄지 상상조차 할 수 없었다.

'너희 마음대로는 되지 않을 것이다.'

칠성사도 이제 다섯 명밖에 남지 않았다. 그들을 전부 처리하고 도감부장과 암천회주의 목을 끊는다.

그것이 최종 목표였다.

"슬슬 화산으로 돌아가 보실까."

비밀 분타에서 얻은 정보 중에서 따로 처리할 일은 이제 별로 없었다. 그것들도 이 사태로 변화할 터.

그러니 앞으로 할 일은 기다려 보는 것 정도였다. 무림이 어떻게 나올지 봐야 한다. 그래야 암천회가 어떻게 움직일 지 대충이라도 예상할 수 있었다.

그래서 근처에서 대기 중이던 소령과 합류해 북으로 달렸다. 혹시라도 꼬리가 붙을지 몰라 조심했다.

인기척이 없어질 때쯤, 그제야 한동안 쓰고 다니던 인피면구를 벗어 던질 수 있었다.

무림의 험준함을 경험한 사나운 인상의 무인은 사라지고, 그 대신 화산파의 검수가 나타났다.

"이제 좀 살겠군."

인피면구를 만들어 준 노인의 실력이 뛰어나 답답함은 없었지만, 그래도 이물감은 느껴졌다.

아무리 실력이 좋다 할지라도 착용한 것과, 착용하지 않은 것에서는 차이가 나는 게 당연하지 않겠나.

'낙 사매가 놀라겠네.'

주서천이 피식 웃었다.

얼마 전에 제갈승계가 무안해할 정도로 훈훈한 이별을 했는데, 얼마 되지도 않아 다시 만나게 생겼다.

그렇지만 싫은 건 아니었다. 하루라도 빨리 화산으로 돌아가 정겨운 얼굴들을 보고 싶었다.

그렇게 사파의 영웅, 궁귀검수가 다시 사라졌다.

*　　　*　　　*

섬서, 화산파.

봉우리 위에 쌓인 새하얀 눈이 보인다. 산속이라서 그런지 타지보다 기온이 좀 더 낮다.

간간이 눈 속에 핀 매화가 보인다. 화산파라서 그런지 유난히 많이 보였다.

웅성웅성.

숱하게 보이는 건 매화만이 아니었다. 방문객의 끝도 없는 줄도 보였다.

녹룡채의 토벌 이후, 화산의 기세는 구파일방 중에서도 손꼽힐 정도로 높아지면서 이름을 떨쳤다.

자연스레 방문도 잦아졌다. 무림 문파뿐만 아니라 어떻게든 연을 만들어 보려는 상단도 있었다.

"줄 한번 더럽게 길군."

풍채 좋은 상인이 눈살을 찌푸렸다.

화산에 도착한 지 어언 반나절이 되어 간다. 그러나 줄이 줄어들 기미를 보이지 않았다.

기어코 상인의 인내심이 떨어지기 시작했다.

"거 좀, 빨리빨리 좀 갑시다!"

상인의 짜증은 극으로 치달았다. 그렇지 않아도 날씨가 추워서 들어가고 싶은 마음이 더했다.

"지금 기다리는 거 안 보이나?"

짜증을 겪고 있는 건 한 사람만이 아니었다. 그 앞줄에 서 있던 누군가도 매한가지였다.

"이래서 상인이란 족속들은…… 쯧!"

"뭣이?"

상인이 발끈했다.

"지금 뭐라 지껄였느냐?"

"어이쿠, 이거 돈에 영혼까지 팔아넘겼다는 상인이 아직까지 자존심이 남아 있을 줄은 몰랐네."

무인이 어깨를 으쓱이면서 비아냥거렸다.

"감히……!"

상인의 얼굴이 붉으락푸르락해졌다.

갑자기 일어난 소란에 좌중의 시선도 몰렸다. 그러자 몇몇 사람들이 상인과 무인을 알아보았다.

"태원장주(太原場主)다!"

태원장은 산서 위주로 활동하는 전장이다. 최근에는 하북과 북경까지 진출할 정도로 영역을 넓혔다.

"태원장주?"

무인이 태원장주라는 이름에 반응했다.

"이제야 감히 누구에게 시비를 건지 알겠느냐?"

태원장주가 이죽거리면서 물었다.

"뭐? 으하하하!"

무인이 허리를 뒤로 젖히면서 웃었다.

"한낱 상인 따위 주제에 이 등곽우에게 잘도 지껄이는구나.”

“오격권자(五撃拳子)!”

등곽우라는 이름에 여기저기서 탄성이 터졌다.

‘그 오격권자라고?’

태원장주의 얼굴이 굳었다. 오격권자라 하면 다섯 번의 권격으로 상대를 제압한다는 정파의 고수였다.

현재 무림맹에 소속된 고수로서 혼자서 몇 개의 임무를 완수하기도 한 무인이었다.

그러나 그 성격이 정파인치곤 좋지 못했다.

그러나 이리 많은 사람들 앞에서 모욕을 당했는데 가만히 있을 수는 없었다.

“아무리 오격권자라고 해도. 거 말이 심한 거 아니요?”

그래도 최소한의 예우는 지켰다.

주변에 있던 상인들도 입 바깥으로 말은 꺼내지 않았지만, 머리를 주억거리며 그의 말에 동의했다.

“맞는 말을 한 건데 뭐가 심하나?”

그러나 등곽우는 말을 번복할 생각이 없었다. 팔짱을 낀 채, 오만한 눈초리로 코웃음을 쳤다.

“옳소!”

“명예는 모르고 돈만 밝히는 자들.”

“부끄러운 줄 알아야지. 쯧쯧.”

무인들과 상인들의 골은 생각보다 깊었다. 벌써부터 둘로 나뉘어져 서로를 노려보고 있었다.

일촉즉발의 순간. 화산파의 제자들이 소란을 듣고 헐레벌떡 달려왔다.

"무슨 일입니까?"

"얌전히 서 있는데, 저기 있는 상인이 먼저 빨리 좀 가라고 소리를 질렀네. 내 그래서 한 소리 했지."

등곽우가 있는 그대로의 사실이라는 듯 말했다.

"아니, 뭔……."

태원장주가 어이없어하며 할 말을 잃었다.

틀린 말은 아니다. 실제로 시작한 건 자신이다. 그러나 일을 여기까지 키운 건 등곽우가 아닌가.

"맞는 말이긴 하지만, 비약이 심하오. 내 그건 깊이 사죄드리리다. 하나 돈에 영혼을 팔았다느니 하는 말은 좀 심하지 않소?"

"허 참, 어이가 없군. 시비를 건 것은 그쪽인데 나보고 사과하라?"

"말 좀 부드럽게 하시오. 난 꼬박꼬박 지키고 있지 않습니까."

"내가 왜 그래야 하는지 이해가 안 가는군."

"이 무지렁이가……."

결국 태원장주도 화를 참지 못하고 폭발했다.

오격권자의 명성이 적지는 않지만, 태원장도 마찬가지다. 소속 없는 고수를 감당할 정도는 된다.

화산파 앞이라서 괜한 소란을 일으키기 싫어 정리하려고 했는데, 생각이 바뀌었다.

'큰일이다.'

젊은 화산 제자의 얼굴이 굳었다. 이대로 갔다간 문 앞에서 큰 다툼이 일어나게 생겼다.

힘으로 제압하려고 해도, 오격권자가 제법 고수라 자신의 힘으로 어떻게 할 수가 없었다.

그래서 뒤에 있는 사제에게 도움을 청하라는 눈빛을 보냈다.

"뭣이? 무지렁이?"

등곽우의 얼굴이 벌게졌다. 화가 머리끝까지 치솟았는지 콧바람을 씩씩 내뿜으며 주먹을 꽉 쥐었다.

다른 사람이라면 몰라도 오격권자다. 주먹을 쥔 것을 본 화산 제자가 자신의 검으로 손을 옮겼다.

"오격권자 선배님. 진정해 주십시오. 이곳은 화산의 정문 앞입니다."

"허! 이젠 새파란 애송이가 날 제지하려고 하는구나! 지금 모욕을 듣고도 참으라는 말이더냐!"

등곽우의 수염이 파르르 떨렸다. 분노가 제어 불능한 곳까지 닿았는지 살기가 조금씩 흘러나왔다.

주변의 무인들까지 각자의 병장기로 손을 옮기려는 순간. 정문에서 누군가가 뛰쳐나왔다.

"진정하십시오!"

유려한 눈매의 중년인이었다. 소매 안의 매화를 보면 어디에서 온 건지 굳이 물어볼 필요는 없었다.

"누구요?"

"반갑습니다. 소유검, 유정목이라고 합니다."

유정목은 포권으로 예의 바르게 인사했다.

'휴! 다행이다!'

어찌할 줄 모르던 화산 제자가 안도의 한숨을 내쉬었다. 그 뒤에 따라온 사제에게 엄지를 들어 줬다.

자고로 웃는 얼굴에 침 뱉기는 어렵다 하지 않았나. 유정목은 웃는 인상이 좋고 부드러워 남을 진정시키는 데는 일가견이 있었다. 별호조차도 소유검이 아닌가. 적절한 선택이었다.

"그래서?"

그러나 상황이 그다지 좋지 못했다. 등곽우에게 무지렁이라는 말이 역린이었는지, 분노는 전혀 줄어들지 않았다. 도리어 자신의 앞을 막은 것이 무척 마음에 들지 않는 듯 노기 어린 목소리를 높였다.

"내 소란을 부린 건 미안하다고 생각했소. 그러나 모욕을 당했는데도 그냥 넘길 수는 없는 일. 다치고 싶지 않다면 물러나시오."

'뭐라고?'

유정목을 제외한 화산의 제자들이 불쾌해했다.

화산의 정문 앞에서 소란을 떤 것도 모자라, 이를 제지하러 온 유정목을 얕보는 것처럼 말했다.

아무리 이성을 잃고 화가 났다지만 이건 아니지 않은가.

"이해를 못 하는 건 아니나, 너무 흥분하셨습니다."

그러나 성격 좋은 유정목답게, 자신을 얕잡아 보는 말에도 꾹 참았다.

화내기는커녕 유려한 눈매를 초승달처럼 휘면서 부드럽게 미소 지으며 진정시키려는 듯 노력했다.

그러나 등곽우는 들은 척도 하지 않은 채, 태원장주에게 발걸음을 천천히 옮기며 주먹에 기를 실었다.

"저런!"

"오격권자!"

"감히!"

화산의 제자들이 격분했다.

유정목은 화산 내에서도 제법 존경을 받는 편이다.

영웅을 길러 낸 스승이기도 하지만, 선한 품성이나 부드러운 성격 등으로 여러 사람들을 편안하게 했다.

심지어 화산 내에선 '기분 나쁜 일이 있어도 소유검을 보면 눈 녹듯이 사라진다.' 라는 말이 있을 정도다. 무엇보다 소유검이 아니라고 해도, 화산의 정문에서 이렇게 대놓고 무시하는 건 참을 수 없었다.

'어쩔 수 없지.'

유정목이 속으로 한숨을 푹 내쉬었다. 웬만하면 나서고 싶지 않았지만, 상황이 어쩔 수 없었다.

"너희는 사람들이 다치지 않도록 지켜드려라."

무시당한 와중에도 화를 내지 않고, 제압을 위해 주변인들을 신경 쓰는 걸 보면 성품을 알 수 있었다.

"기어코 날 막으시겠다?"

등곽우의 눈썹이 사납게 올라갔다.

평소의 등곽우라면 결코 이런 행동을 하지 않았을 것이다. 검선이 있다는 화산파가 아닌가.

그러나 오랫동안 서 있던 짜증과 더불어 받은 모욕을 그냥 넘길 수가 없었다.

원래 고수란 게 자존심이 상당하다. 정파라면 더더욱 그렇다. 명예에 목숨을 거는 일이 비일비재했다.

"아무래도 나에 대해 모르는 모양인데, 이번 기회에 똑똑히 알려 주마.”

등곽우가 낮게 으르릉거리며 내공을 끌어 올렸다.

“무림맹으로부터 가입 권유까지 받고, 초청을 받은 오격권자 등곽…….”

빠악!

목에 힘을 주고 거만하게 말하던 등곽우. 그의 머리가 돌연 뒤에서 가해진 충격에 아래로 떨어졌다.

“…….”

좌중이 침묵에 잠겼다.

화를 내던 화산의 제자도, 속으로 쾌재를 부르던 태원장주도, 구경꾼들도 입을 다물었다.

“뭐……?”

등곽우가 머리를 천천히 들었다. 그리고 그 고개도 옆으로 슬그머니 돌아갔다.

그의 뒤에는 나름 준수하게 생긴 청년이 서 있었다.

“긴말 안 한다. 저분께 머리 박고 사과해라.”

“……!”

유정목이 놀란 표정을 지었다.

등곽우의 뒤통수를 후려친 건 자신의 제자였다.

第二章
화인의원(華仁醫院)

"감, 히……."

등곽우는 주서천의 얼굴을 보자마자 어찌나 화가 났는지 말도 제대로 하지 못하고 부들부들 떨었다.

나이도 새파랗게 어린놈에게 뒤통수를 맞았다. 이미 그 분노가 조절하지 못할 정도로 치솟았다.

"뭘 잘못한 건지 알고는 있나?"

주서천이 눈썹 하나 까딱하지 않고 싸늘한 어조로 말했다.

'미친놈!'

'죽으려고 환장했군. 젊은데 안타깝게 됐어.'

'시원하지만 저리 미친 짓을 하면 큰일이지.'

구경꾼들은 혀를 차며 미리 애도했다.

"이노옴!"

예상했던 대로 등곽우가 폭발했다.

눈이 완전히 돌아갔다. 누가 말릴 겨를도 없었다. 이미 그의 장기인 주먹이 곧게 뻗어 나갔다.

주서천은 주먹을 똑바로 마주 봤다. 남이 보기에는 피할 생각이 전혀 없어 보였다.

구경꾼 중 몇몇이 작은 비명을 토해 낸 순간. 주서천이 최소한의 움직임으로 가볍게 회피했다.

팡.

머리 옆으로 주먹이 지나간다. 권압이 일으킨 돌풍에 의하여 머리카락이 흩날렸다.

'무슨?'

등곽우의 눈이 화등잔만 해졌다.

오격권자가 괜히 오격권자가 아니다. 그의 무공은 하나하나가 치명상을 입힐 수 있는 전력이 담겨 있다.

번개와 같이 빠르고, 둔기와 같이 강하다. 아무리 이성을 잃었다고 하지만 빗나갈 것은 아니었다.

술에 취해도 무공만큼은 흔들리지 않고 잘 맞출 자신이 있거늘, 이렇게 간단히 피하다니?

"한 대."

짜악!

등곽우의 머리가 튕기듯이 돌아갔다. 화끈한 통증과 함께 뺨이 벌겋게 부어올랐다.

'무슨……?'

머리가 멍하다. 아픔보다는 이렇게 어이없이 당했다는 사실에 충격이 컸다. 귀신에 홀린 듯한 기분이었다.

돌아간 고개를 원래 위치로 천천히 돌린다. 무표정한 얼굴로 눈을 똑바로 마주치는 청년이 서 있었다.

"사격(四擊) 남았다."

"나를 능멸하려 들다니!"

빠드득!

등곽우가 이를 갈면서 살기의 폭풍을 쏟아 냈다. 벌겋게 된 건 뺨뿐만이 아니었다. 얼굴 전체다.

힘이 들어간 팔과 목에는 힘줄이 도드라져 훤히 보였고, 그 분노가 멀리 있는 사람들에게까지 느껴졌다.

문지기를 맡았던 화산 제자가 이러다간 정말 사달이 나겠구나, 하면서 나서려는 순간.

짜악!

아까 전처럼 경쾌한 소리가 울린다. 그 소리가 너무 맑아 청명하다고 느낄 정도였다.

그러나 그 위력은 한가하게 소감을 낼 때가 아니다.

"커흑!"

등곽우의 입 바깥으로 피가 튀어나왔다. 부러진 이가 흙바닥에 떨어졌다. 뺨이 보다 심하게 부풀었다.

'왜?'

도저히 이해가 가지 않는다.

처음에는 허를 찔렸을 뿐이라고, 방심한 것이라고 생각했다. 그래서 이번에는 눈을 부릅뜨고 집중했다.

그러나 의지와는 다르게 정신을 차리고 보니 더한 통증이 느껴지며 고개가 옆으로 획 돌아갔다.

"사죄."

짜아아악!

"커허어억!"

이번에는 여유도 주지 않았다. 고개를 원래 위치로 돌리기도 전에 반대편으로 날아갔다.

코뼈가 부러져서 숨을 제대로 쉬기가 힘들다.

"으아아아악!"

이제는 이판사판이다. 또 당할 수는 없어 생각도 하기 전에 주먹을 들어 힘을 실었다.

스스스스!

내공이 주먹에 응집된다. 그 양이 보통이 아니란 듯, 돌풍이 불면서 뒤에 있는 사람들을 슥 훑었다.

"흭!"

상인들뿐만 아니라 무인들도 소스라치게 놀랐다. 발끝부터 머리끝까지 섬뜩할 정도의 양이다.

괜히 무림맹의 고수, 오격권자가 아니다.

"죽어랏!"

이젠 정말로 멈출 생각이 없어 보였다. 단순히 혼내 준다 하는 수준이 아니라 목숨을 빼앗을 기세였다.

'끝이다.'

'아무리 오격권자라도 몸 성히 돌아갈 순 없겠구나.'

화산파의 정문 앞에서 사람을 죽였다. 그게 화산의 제자라면 두말할 것도 없다.

무림맹에서 임무를 수행하고, 그 실적을 쌓은 오격권자라고 해도 이 일을 가볍게 넘길 수는 없으리라.

뺨을 후려 맞은 건 오격권자가 방심하기도 했고, 어처구니없어서 당한 것이라고 생각했다.

주먹을 뻗는다. 돌풍이 휘몰아쳤다. 머리가 쭈뼛 설 정도의 위력이 직진해 눈앞의 상대에게 닿았다.

그러나…….

째앵!

오격권자의 주먹은 앞으로 나아가지 못하고, 허공에 보이지 않는 무언가에 부딪친 것처럼 멈췄다.

게다가 부딪친 충격이 과했는지, 손목이 꺾이듯이 틀어지고, 손등의 살갗도 찢어졌다.

"아악!"

몸이 성하지 않은 건 등곽우 쪽이었다.

"뭐, 뭐야?"

"무슨 일이 벌어진 거지?"

사람들이 어안이 벙벙한 채로 등곽우를 쳐다봤다.

주먹을 내지른 것까진 봤다. 기감이 둔한 일반인도 느낄 정도로의 일격이었다. 그런데 튕겨 나갔다.

"허어!"

그러나 일반인들과는 다르게, 무인들 중에서도 실력 있는 자들이 무슨 일어났는지 보고 감탄했다.

"호신강기!"

검강과 더불어 화경을 증명하는 응용법.

도대체 저 청년은 누구란 말인가?

"이격."

짜아아아아아악!

이번에 난 소리는 컸다. 주변인들이 깜짝 놀랄 정도의 크기였다. 등곽우도 이번에는 몸까지 튕겨 나갔다.

"끄, 끄허억⋯⋯."

등곽우는 정신을 차리지 못하고, 부러진 이 사이로 바람

소리를 내면서 신음을 흘렸다.

오격권자가 바닥에 널브러졌다.

"사부님께 사죄해라."

"서천아. 난 이제 됐다."

보다 못한 유정목이 나서서 주서천을 말렸다.

"불편하셨다면 죄송합니다. 불초 제자가 사부님께 인사를 올립니다."

주서천은 스승이 다가오자마자 허리를 낮춰 인사했다.

'제자였어? 그러면 화낼 만하군.'

'잠깐, 소유검의 제자라고?'

'설마……?'

유정목은 소유검이라는 별호로 불리며 무인으로서도 나름대로 명망이 있으나, 중원 전체에 이름이 알려진 계기는 달랐다.

"주서천!"

"매화정검, 주서천이닷!"

"천하백대고수!"

영웅은 언제나 관심이 따르는 법. 매화정검의 스승이 소유검이라는 건 널리 알려진 사실이었다.

"뭣? 주서천이라고?"

"정파의 영웅?"

"소문대로 화경이었구나!"

그제야 사람들의 의문이 풀렸다. 다들 하나같이 눈을 동그랗게 뜨며 폭발적인 관심을 보였다.

화산의 명예를 드높인 장본인이 아닌가. 이중에는 그에게 어떻게든 딸을 이어 주려는 사람들도 있었다.

"쯧쯧쯧."

"아무래도 오격권자가 사람을 잘못 만났구면."

"소유검의 제자가 매화정검이란 걸 몰랐던 모양이군."

주변의 분위기나 말이 확 바뀌었다. 태세 변환도 이 정도면 천하백대고수급이다.

아까 전까지만 해도 오격권자를 두려워했던 사람들이 혀를 차면서 쓰러진 등곽우를 불쌍하게 여겼다.

'으으으!'

등곽우는 동정 어린 시선에 몸을 부르르 떨었다. 노성이라도 내뱉어서 닥치게 하고 싶은 심정이 굴뚝같았지만, 주서천이 아직 버티고 있어 그럴 수 없었다.

'이게 뭔 꼴이더냐!'

어쩐지 약관치곤 강하다 싶었는데 주서천이었다. 운도 지지리 안 좋았다.

"인사는 나중에 하도록 하자. 그보다, 오격권자. 괜찮으십니까?"

유정목이 등곽우에게 다가가 걱정 어린 목소리로 물었다. 그 고운 마음씨에 주변 사람들이 감동했다.

'과연, 소유검.'

'그 마음이 비단보다 곱다고 하더니, 정말이로구나.'

'암, 저래야 영웅을 가르친 스승이지.'

'이렇게 된 거 내 아들을 소유검에게 맡겨 볼까?'

주서천이야 아직 제자를 받을 시기가 아니라서 불가하지만, 유정목이라면 이야기가 다르다.

실제로 그러한 목적으로 방문한 사람도 있었다. 속가제자라도 영웅과 사형제 간이면 더할 나위 없다.

"소, 소유검 대협. 죄, 죄송합니다."

'사과해야 한다.'

등곽우의 안색이 백지장처럼 새하얗게 질렸다.

머리가 차가워지니 이제야 상황 파악이 됐다.

아무리 무림맹 소속 고수라 할지라도, 넘지 말아야 할 선이 있다. 화가 나서 그걸 넘어 버렸다.

남의 문파 앞에서 소란을 일으킨 건 그렇다 쳐도, 제지를 무시하고 그 제자를 죽이려고 했다.

주서천의 엄벌이 무서워서가 아니라도 사죄해야 하는 것이 맞았다.

"아닙니다, 괜찮습니다. 잠시 흥분을 이기지 못할 수도 있지요. 저야말로 혹여나 제 제자가 손속이 너무 과하지 않았나 싶어 죄송하군요."

"손속이 과했던 것을 사죄드립니다, 오격권자."

주서천이 유정목을 따라 예의 바르게 인사했다.

'네놈이 사죄하지 않았더라면 죽기 직전까지 팼을 것이다.'

하마터면 속마음이 바깥으로 튀어나올 뻔했다.

"많이 다치셨군요. 누가 이분을 영 장로님께 데려다주지 않겠느냐?"

"저희가 하겠습니다."

뒤편에서 대기 중이던 화산 제자들이 나섰다.

'쌤통이다.'

대놓고 말은 하지 않았지만 그들은 십 년 묵은 체증이 내린 것처럼 속 시원한 표정을 짓고 있었다.

사문이 대놓고 무시 받은 게 열 받았는데, 주서천이 나타나 그 이상의 복수를 해 줘서 기뻤다.

"그렇다면 저희는 이만 가 보도록 하겠습니다. 오늘 일어난 소란 탓에 혹여나 불쾌하셨다면 죄송하다는 말씀을 드립니다. 불만이 있으시거나 피해를 입으셨다면 언제든지 말씀해 주십시오."

누구도 유정목의 말에 토 다는 사람은 없었다.

"그러면 저희는 이만 가 보도록 하겠습니다. 아무래도 방금 일어난 소란을 보고해야 하는지라, 양해해 주셨으면 합니다."

유정목이 부드럽게 미소 짓곤 목례했다.

과연 소유검. 미소를 보자 편안한 기분이 들었다.

*　　　*　　　*

유정목은 주서천과의 재회를 기뻐하기도 전에, 방금 전 일어난 소란에 대해 보고했다.

처음에는 무림맹 소속 고수의 뺨을 후려쳤다는 소식에 질겁했다가, 자세한 사정을 듣고 안도했다.

절차상 장본인에게도 사정을 들어야 해서 화산오장로 지검옹 학송이 등곽우를 찾아서 물어봤다.

등곽우는 당한 일을 스스로 설명해야 한다는 것이 몹시 마음에 들지 않아 그냥 유정목의 보고대로라고 솔직히 고했다. 자존심이 상하지만 잘못한 것을 알기에 잡설을 덧붙이지 않았다.

'제기랄, 얼른 화산을 떠나야겠군.'

얼굴이 왕밤처럼 부어서 어딜 돌아다닐 수도 없다. 게다가 사람들 앞에서 굴욕까지 보이지 않았는가.

얼른 치료를 받고 무림맹으로 돌아가자고 생각했다.

한편, 주서천은 유정목과의 재회를 느긋이 보내고 있었다.

"어째 매해 보는 느낌이로구나."

유정목이 후후, 하고 기분 좋은 웃음을 흘렸다.

"어쩌다 보니 이렇게 됐습니다."

주서천이 면목없다는 듯 머리를 긁적였다.

수선행이란 건 하산한 뒤 몇 년 동안 강호를 유람하다 돌아오는 건데, 어째 자신은 툭하면 돌아왔다.

그러나 아무도 이를 뭐라 하진 않았다. 워낙 세운 실적이라거나 경험이 남들의 십 년 정도로 많고 뛰어났으니까.

"뭐, 이렇게 가끔씩 쉬러 오는 것도 나쁘진 않구나. 장문인께서도 허가했으니 괜찮단다. 마음 편히 있다 가거라."

"신경 써 주셔서 감사합니다."

"그보다 정말 안 본 사이에 많이 컸구나."

"그런가요?"

키라도 컸나 싶어 머리를 문지르며 확인해 본다.

유정목은 제자의 그 모습이 귀여운지 쿡쿡, 하고 옅게 웃더니만 고개를 좌우로 절레절레 흔들었다.

"하산한 지 얼마 되지도 않았거늘, 정말 여러 업적을 세우지 않았느냐. 가끔씩 나가던 친목회에 나가지도 못할 정도로, 요즘 날 찾는 사람들이 많단다. 주로 너의 이야기를 하더구나."

유정목은 제자의 성장에 자랑스러워했다.

"청출어람이라 하더니만, 네가 나보다 낫구나. 하기야, 어릴 적부터 그랬지."

"아닙니다. 사부님의 가르침이 없었다면 제가 있었겠습니까. 그런 소리 하지 마십시오."

"……."

유정목은 말없이 미소 지으며 두 눈을 감았다.

꾀죄죄한 얼굴. 흙투성이인 피부. 경계와 두려움이 뒤섞인 눈빛이 자신을 올려다봤다. 어린 주서천이다.

그 어린아이가 몰라볼 정도로 성장했다. 소년이 되고, 청년으로 성장해 정파의 영웅으로 불렸다.

자랑스럽지 않다면 그건 거짓말이다. 처음에 그 소식을 들었을 때, 가슴이 먹먹해 눈물을 흘렸다.

"장하다, 내 제자."

＊　　　＊　　　＊

얼마 뒤 십이월이 지나 일월이 됐다.

주서천도 약관, 스무 살이 됐다.

화산에 오자마자 장 사형제와 낙소월을 만나 보려 했으나 그러지 못했다. 매화검수가 되기 위한 폐관 수련으로 당분간은 나오지 않을 거라는 답변을 들었다.

오격권자 등곽우는 치료를 받고 무림맹으로 되돌아갔다. 돌아가기 전 유정목에게 찾아가 사죄를 했다.

유정목은 언제나처럼 선하게 미소 지으며 괜찮다고 용서해 주었고, 등곽우는 안도할 수 있었다.

만약 자신의 무례를 용서해 주지 않았더라면 여러 곤란한 일이 있었을 테니까.

"주인님, 주서천이 화산에 있다고 합니다."

"뭐하나! 당장 떠날 채비 하지 않고!"

매화정검 주서천. 그 이름을 모르는 자는 이제 없다. 사람들이 그 소식을 듣고 화산에 몰려들었다.

그렇지 않아도 사람이 많은데, 이젠 아예 포화 상태였다. 볼일 하나 보려면 이틀은 기다려야 했다.

손님이 많아지니 그만큼 인력도 많이 들었다. 아예 근처 마을에서 사용인 공고를 올려 잔뜩 고용했다.

식비라거나 그 외의 비용도 많이 들었다. 화산의 재력이 풍부하지 않았다면 진작 거덜 났다. 손님들의 공양도 있어서 어찌어찌 손해는 보지 않았다.

"주 대협을 만나 뵈려면 어찌해야 하오?"

"내 매화정검께 긴히 말씀드릴 것이 있어……."

"일전에 매화정검께 도움을 받은 태원장주요. 감사의 인사를 드리고 싶소."

방문 목적에 '주서천'이라는 석 자가 쉴 새 없이 올라왔다. 만나고 싶다는 사람들이 세 자릿수는 됐다.

한두 사람이라면 모를까, 이리 많으니 주서천도 기겁하면서 수련을 핑계로 전부 거절했다.

"주 대협을 어떻게 뵐 수 없을까요? 부탁드릴게요."

"아, 안 됩니다!"

미인계까지 동원돼서 젊은 제자들만 고생했다.

'부럽구나.'

'여인들에게 이리도 인기가 많다니!'

'허, 하나같이 예쁘장한데, 전부 주 사제에게 시집을 갈 목적으로 왔다는 것이 정말인가. 대단하군.'

상가건 무가건 간에 어지간한 명가에선 아직 약혼을 올리지 않은 여아들을 화산으로 보냈다.

혹시라도 호감을 보이면 좋지 않겠나. 그를 사위로 얻는 건 천군만마를 등에 업는 것과 다를 것 없었다.

"화산에 미녀들이 모인다는데?"

"그래? 사내로서 가만히 있을 수는 없지!"

꽃에는 곤충이 찾아오는 법. 그 소식을 들은 사내들이 화산을 방문했다.

졸지에 화산이 만남의 장, 혹은 관광지로 변모한 덕에 인근의 마을도 대박을 맞았다.

사람이 모이니 자연스레 시장이 활성화하고, 또 장사를 위해 상인들의 방문도 잦아졌다.

이의채는 이를 일찌감치 눈치채고 전부터 객잔이나 전장 등 여러 사업체를 세워 돈을 쓸어 담았다.

한편, 화제의 중심에 서 있는 주서천은 연무장을 찾아 수련을 하고 있었다.

'음, 유명해진 건 좋지만 나쁜 점도 있군.'

주변에서 보내오는 존경의 눈길은 나쁘지 않았다.

그러나 시선이 많은 건 확실히 성가신 일이었다.

공용 연무장을 찾으면 구경꾼이 절로 모여드니 마음 편히 있을 수가 없었다.

그래서 혼자 수련할 만한 곳이 없나 찾아 스승과 절벽 등반을 했던 곳을 방문했다.

주서천은 대성한 무공을 제외하고 정리해 보았다.

자하신공과 자하검결은 여전히 변동 사항이 없다. 각각 팔성과 제삼식에 머물러 있다.

일월신궁은 사성이고, 녹안만독공은 삼성이다.

유은비도와 유령보가 사성. 그리고 신행백변이 천권과의

결전에서 칠성으로 올랐다.

'그리고 만중검이 사성.'

사도천행에 큰 도움이 됐던 무공이다. 그러나 이번에 전력을 내면서 한 가지 흠을 발견했다.

'육체가 무게를 버텨야 해서 내력의 소모가 크다.'

만중검은 양날의 검이다. 무게를 늘려 파괴력을 높일 수 있지만, 그만큼 몸에 부담이 온다. 자칫 잘못하면 근육이 파열될 수도 있기에, 이런 일이 일어나지 않게 하려면 내공을 소모해서 대신 막아 줘야 했다.

검법을 펼치고 몸을 움직이는 데만 해도 내공이 소모되는데, 거기에 무게를 지탱하느라 더 든다.

과소비도 이런 과소비가 없고, 비효율적이었다. 차라리 다른 무공을 찾아 배우는 게 효과적이다.

그래서 이 흠을 고칠 방법이 없을까 생각했는데, 만중검과 함께 습득했던 철포삼이 떠올랐다.

철포삼은 외공 무공으로 마치 철갑을 두른 것처럼 몸을 단단하게 만드는 효능을 지녔다. 이 힘이라면 내공의 소모 없이도 만중검의 무게를 버티리라.

그래서 당분간 철포삼 위주로 수련하기로 했다.

"……그런데 수련 방법 참 무식하기 짝이 없구나."

외공답게 수련은 지극히 간단명료했다.

내공을 쓰지 않고 단단한 물체를 두드린다.

이게 끝이다. 그 이상 그 이하의 것도 없었다. 단계가 나뉘어져 있었으나 강도의 차이였다.

예를 들어 나무부터 시작해서 돌을 친다거나 하는 수준이었다. 저잣거리에서나 나오는 수련법이다.

"하라는 대로 해야지."

시험 삼아 나무를 후려쳐 봤다.

쿵!

"이런."

생각해 보니 환골탈태를 했던 걸 잊어 먹었다.

환골탈태는 근육이나 골격을 바꿔 주면서, 동시에 피부의 단단함 정도도 조금은 올려 준다.

괜히 신체 개조가 아니다. 그래도 덕분에 수련 과정을 넘을 수 있었다.

퍽! 퍽! 퍽!

돌도 쉽게 부서졌다. 집채만 한 바위 정도의 크기가 되자 좀 할 만했다. 살갗이 까지도록 수련했다.

'후, 다 좋은데 너무 지루하네.'

차라리 복잡한 게 더 낫다. 심심하진 않으니까.

그러나 철포삼은 그저 단조로운 동작으로 한곳을 후려치며 단련하는 방식이니 하품이 다 나왔다.

＊　　＊　　＊

세 달 뒤.

입을 벌리면 나오는 허연 김이 사라졌다. 천하를 하얗게 물들던 눈도 녹아 없어졌다.

기분 좋은 따스함이 몸을 감싼다. 곳곳에 꽃이 펴 알록달록한 색채로 눈을 즐겁게 한다.

추운 겨울이 지나고 따스한 봄이 왔다.

화인의원(華仁醫院).

무림. 아니, 중원제일의 의원이었다. 이 의원의 원주가 의술이 하늘에 닿았다는 신의였다.

"이 일을 어찌해야 할꼬……."

화인의원의 분위기가 좋지 않다.

신의의 제자이자 부원주, 율건의 속은 바싹바싹 타들어 갔다. 곁을 보필하는 사형제들도 마찬가지였다.

"사형, 이 일을 어떻게 합니까?"

"역시 가지 못하도록 감금이라도 했어야 합니다."

"중원도 아니고 남만에서 행방불명이라니, 대체 이 무슨 사달이란 말입니까?"

신의의 행방불명. 이 일이 외부로 나가면 어떤 일을 초래

할지는 상상도 하고 싶지 않았다.

　시간을 되돌려, 약 반년 전에 있었던 일이다.

　"남만에서 내가 모르는 독이 발견됐다고 하는구나. 게다가 신약도 개발되었다고 한다. 다녀오마."

　"예?"

　처음에는 농담인 줄 알았다. 마치 산책이라도 다녀오겠다는 듯이 말하니 누가 진담이라 생각했겠는가.

　그러나 신의는 진심이었다. 실제로 이튿날 남만으로 갈 채비를 꾸리며 호위 무사까지 집합시켰다.

　"안 됩니다!"

　율건을 비롯한 신의의 제자들이 말리고 나섰다. 당연히 찬성할 리가 없었다.

　"내가 가고 싶다는데 뭐가 안 돼? 콱!"

　"그걸 모르셔서 묻는 말씀이십니까!"

　남만(南蠻).

　한때 대월국이기도 하였던 이 지역은 관부의 손이 닿지 않는 곳인데, 워낙 척박하고 위험하기 때문이다.

　아직 파악도 되지 않은 소수 민족은 물론이고, 인신 공양이라는 풍습까지 있는 광인들도 있다.

　게다가 독혈곡과 비견될 정도로 수많은 독물 천지인 데다가, 수수께끼의 주술이 도사리고 있었다.

무엇보다 끝없이 펼쳐진 대수림은 한번 들어가면 돌아오지 못할 정도로 광활하고 미로처럼 얽혀 있다.

수많은 맹수들까지 도사리고 있으니 신의의 제자들이 꽥꽥거리면서 말리는 건 이상하지 않았다.

"그것참, 알았다. 알았어. 시끄럽게 굴긴."

며칠 동안의 감시와 노력이 빛을 본 걸까, 신의는 입맛을 다시면서 포기하는 모습을 보였다.

하지만 정확히 보름 뒤, 신의가 몇몇 호위 무사들을 이끌고 담장을 넘어 남만으로 떠났다.

화인의원은 발칵 뒤집혀 신의를 쫓았지만, 이미 그는 남만의 대수림으로 사라져 찾을 수 없었다.

불행 중 다행인 건 정기적으로 연락을 취하겠다는 서신을 받은 것이다. 실제로 연락은 꾸준했다.

하나 어찌 된 영문인지 보름 전부터 깜깜무소식이다. 그동안 연락만큼은 빠뜨리지 않았기에 갑작스러운 연락 두절은 자제들을 불안하게 했다.

"조사대를 파견해야 한다."

"어떤 미친놈이 남만으로 간답니까? 아니, 애초에 그 독천지인 곳은 아무나 갈 수 없습니다."

남만인은 누구나 다 독에 대한 내성이 있다고 하는데, 이게 농담이 아니다. 정말로 독물이 너무 많다.

심지어 중원과는 비교도 안 될 정도로 더워서, 환경에 적응하지 못해 죽는 자도 여럿이었다.

"그리고 사부님께서 행방불명된 것은 비밀로 해야 하는데, 누굴 믿고 이 일을 맡깁니까?"

"사부님께서 남만에 간 것은 저희밖에 모르는 비밀입니다. 이 와중에 행방불명된 사실이 알려진다면, 어떤 소문이 퍼질지 장담할 수 없습니다."

"율 사형이 제일 의심을 받을 거요."

꿀꺽.

율건이 식은땀을 뻘뻘 흘렸다.

중원에선 지도자의 자리를 빼앗으려고 스승이나 사형제, 심지어 부모까지 죽이는 패륜이 비일비재하다.

그렇지 않아도 얼마 전에 사도천에서 그런 일이 있지 않았는가. 그런 의심을 받으면 화인의원은 끝이다.

"내가 미쳤다고 그런 짓을 해?"

신의가 있기에 화인의원이 있다.

"사람들이 그런 걸 신경 쓰겠습니까."

"저희를 눈엣가시로 보던 의원들을 생각하십시오. 그들이 온갖 수작으로 공격해 올 것입니다."

자연사한 것이라면 모를까, 제자들의 음해에 죽었다는 소식이 알려진다면 나락까지 떨어지리라.

"무엇보다 황제가 가만히 있지 않을 것이오."

일찍이, 신의는 어릴 적부터 의술에 재능을 보였고 그 천재성은 황궁에까지 닿아 어의로 초청을 받았다.

그리고 중년이 됐을 때쯤, 황족의 목숨을 구하면서 비호와 자유를 보장받게 됐다.

이러한 연이 있는데 만약 음해다 뭐다 하는 소문이라도 퍼지게 된다면 어찌 될지는 뻔하다.

움찔.

좌중에 있는 모두의 얼굴에 두려움이 떠올랐다.

현 황제는 신의와 특별한 연이 있다.

그들의 머릿속에선 일가친척 전원이 참수형을 받는 것이 그려졌다. 이대로 있을 수는 없었다.

"전부터 협력 관계였던 당가는 어떻습니까. 독룡은 그렇다 쳐도, 독봉에게 도움을 받을지도 모릅니다."

"나쁘지 않아. 그러나 그들만으로는 부족하다."

남만은 독만이 전부가 아니다. 앞서 말했다시피 맹수들을 비롯하여 주술사나 무인들도 위험했다.

"하면, 누가 그곳에 또 간답니까?"

"남만의 독지에 아무렇지 않게 갈 수 있고, 웬만한 위험에도 끄떡없는 고수가 어디 있…… 아!"

"있다!"

신의의 제자들이 한 사람을 떠올렸다.

화인의원과 당가는 협력을 하다 보니 교류가 잦다. 그러다 보니 각자 서로에 대해서 잘 알고 있었다.

도중에 여러 소식을 듣기도 하는데, 그중에는 얼마 전에 열렸다는 당가의 주점에 대한 이야기도 있었다.

"천독지체!"

"매화정검, 주서천!"

第三章
남만수림(南蠻樹林)

"후읍!"

짧은 기합.

퍼억!

콰르릉!

내공 없이 주먹을 내질렀다. 눈앞에 주먹만 한 구멍을 보고 몸이 단단해지면서 위력도 조금 증가했구나, 라고 생각했다.

환골탈태의 보정과 더불어 한동안 철포삼의 수련에 집중한 덕인지 금세 오성에 오를 수 있었다.

만중검 역시 오성에 올랐다. 중도만공의 특성상 더 이상 수련할 수 없었지만 만족할 만한 결과였다.

신행백변 역시 팔성의 성취를 해낼 수 있었다.

주서천은 오늘도 만족할 만한 수련을 끝내고 집으로 돌아가 유정목의 석식의 준비를 하려 했다. 그러나 장문인이 자신을 찾는다는 소식에 자하각에 먼저 들렀다.

"부르셨습니까, 장문인."

"허어. 그새 또 성취를 이뤘구나."

우일문이 주서천을 보고 감탄했다.

"정말입니까?"

학송이 우일문의 말에 경악을 금치 못했다.

겨우 약관에 화경인 것도 도저히 믿지 못하는 수준인데, 거기에서 성취가 있다니. 괴물이란 말인가.

"장문인에 비해선 아직 조족지혈입니다. 화경 중에서 조금 앞서 있을 뿐입니다."

'당연하지!'

학송이 어이없어했다.

장문인이 누군가. 상천십좌라 일컬어지는 절대고수가 아닌가. 애초에 비교할 수 있는 대상이 아니었다.

"저놈 어릴 때 주워 먹은 영약이 굉장했나 봐."

영진이 질린 표정으로 혀를 내둘렀다.

"영 장로님. 영약도 영약이지만 본인의 노력도 중요한

것임을 잊지 말아 주십시오."

심옥련이 영진의 말을 정정했다.

'무슨 일이지?'

장문인뿐만 아니라 화산오장로 전원이 모였다. 궁금해질 수밖에 없는 일이다.

다만 예검수를 비롯해 매화검수 몇몇과 폐관 수련에 들어간 위지결은 자리에 없었다.

그 의문은 우일문에 의하여 금방 풀렸다.

"아무래도 네가 다시 강호에 나가야 할 것 같구나."

"강호에 말입니까?"

"무림맹주…… 아니, 화인의원에서 의뢰를 했다."

화인의원은 화산파와 직접적인 연이 없다. 그래서 무림맹주를 통해서 화산파에 의뢰를 전달했다.

"의뢰라 하오면……?"

"앞으로 들을 내용은 관계자를 제외하곤 결코 외부로 새어 나가선 아니 된다. 이를 명심하도록 하여라."

"사부님에게도 말입니까?"

"너의 스승을 생각하는 마음은 갸륵하나, 그렇다. 그는 신뢰할 수 있는 사람이지만, 의뢰인이 비밀로 해 달라 하였으니 이해해 주기를 바라마."

"알겠습니다."

이렇게나 꼭꼭 숨기다니, 도대체 무슨 내용일까?

"신의가 행방불명?"

주서천이 놀라는 대신 미간을 찌푸렸다.

'끙, 역시 내가 알던 미래와는 다르구나.'

전생에서 신의는 중원을 떠나지 않는다.

아니, 떠나지 못한 것이 맞다. 칠검전쟁을 비롯해서 온갖 전장의 불씨로 인해 얌전히 있어야 했으니까.

그리고 얼마 뒤, 암천회에 합류하게 된 검마에 의하여 신의를 비롯한 화인의원은 멸문을 맞이한다.

정말 원래의 운명에서 상당히 벗어났다.

"천독지체에 너 정도 되는 고수가 어디 흔하겠느냐. 아니, 거의 유일하다 싶을 게다."

영진이 수염을 쓰다듬었다.

'과연, 딱 알맞은 사람이란 건가.'

이제야 지목당한 연유를 알겠다. 남만이 목적지라면 확실히 자신보다 제격인 사람이 없으리라.

"얘야, 네가 어떻게 생각할지는 모르겠지만······."

"다녀오겠습니다."

"······응?"

이제 막 화려한 언변을 토해 내며 설득하려던 학송이 당황한 표정을 지었다. 주변 사람들도 놀란 표정을 지었다.

"신의라 하면 이 시대에 필요한 분이 아니겠습니까. 가야 하는 것이 당연히 맞지요."

'필요하다.'

괴팍한 양반이지만, 악인은 아니다.

과거, 전란의 시대 때만 해도 신의만 있었다면 영웅들이 그리 어이없이 죽진 않을 것이라 평했다.

화인의원 역시 신의에 의해 움직이니, 그를 구한다면 곧 수많은 약과 의원을 얻는 것과 같다.

결코 손해가 아니었다.

"어떻게 설득해야 할지 고민했던 게 바보같이 느껴지네요."

심옥련이 조금 어이없다는 듯이 말했다.

화산파 입장에서 이번 일은 나쁘지 않았다.

중원제일의 의원이라 하는 화원의원이 아닌가. 빚을 지게 해서 전혀 나쁠 것이 없었다.

무엇보다 원주인 신의를 구하게 된다면 그 빚의 크기는 두말할 것도 없으니, 괜찮은 거래였다.

설사 신의가 무사하지 못할지라도, 시신이나 유품만 가져와도 충분한 대가를 받을 수 있다.

"저 혼자서 다녀오면 됩니까?"

"그럴 리가 있겠느냐."

명수악, 조문양이 어이없는 표정을 지었다.

"아무리 너라 할지라도 혼자서 그 대수림을 뒤지는 것은 불가능하다. 당가에서도 지원이 올 것이다."

'아, 조 장로님도 계셨군.'

화산오장로 중 유일하게 친하지 않은 장로다. 하마터면 '계셨어요?'라는 실례를 저지를 뻔했다.

"그리고, 점창파의 도움도 있을 게다."

우일문이 한결 편안해진 얼굴로 말했다.

"안내자로군요."

운남에서 조금만 내려가면 남만이다. 점창파는 운남에 위치해 있어서 오래전부터 남만과의 교류가 잦았다.

교류뿐만 아니라 과거에 남만이 중원을 침공했을 때, 가장 격전을 치른 곳이 점창파다.

듣자 하니 신의의 호위와 길 안내 역시 점창파에서 맡았다고 했는데, 애석하게도 함께 연락이 끊겼다.

'가끔 느끼는 거지만 정말 약관이 맞는지 의심스럽다니까.'

학송이 설명을 덧붙이려다가 입맛을 다셨다. 무슨 말을 해도 뭐든 꿰뚫어 보고 있다는 느낌이다.

"알겠습니다. 사대제자, 주서천. 강호에 나가 임무를 수행하겠습니다. 또 다른 특이 사항은 없습니까?"

"없다, 없어! 있을 리가 있겠느냐!"

영진이 질렸다는 듯 손사래 치며 답했다.

"그럼 전 이만 물러가 보도록 하겠습니다."

주서천은 예의 바르게 인사하곤 자하각을 벗어났다.

"허, 참."

"정말 그동안의 고민이 허탈하게 느껴지는군."

*   *   *

삼월 중순. 남만행이 결정됐다.

"사부님, 그럼 제자는 이만 물러나 보도록 하겠습니다."

주서천은 유정목에게 남만에 다녀오겠다는 말을 가까스로 참아 내면서, 구배지례를 올렸다.

매번 정성을 들여 인사하는 제자가 낯간지러우면서도 자랑스러웠다.

"그래, 다녀오너라. 내 너의 사형제들에겐 대신 안부를 전해 주도록 하겠다."

화산에 오른 지 세 달하고도 보름이 지났지만, 낙소월 등의 폐관 수련은 아직 끝나지 않았다.

그래서 아쉽지만 나중을 기약하고 하산했다.

사람들의 주목을 받고 싶지 않아 동이 틀 무렵에 소리 소문 없이 내려와 인근 마을에서 대기 중이던 소령과 합류했다. 그녀와의 재회도 제법 오랜만이었다.

"넌 어째 시간이 흘러도 잘 성장하지 않는구나."

원래 어린아이의 성장은 몰라보게 빠르다고 하지 않던가. 여아라면 더더욱 그렇다.

하나 어찌 된 영문인지 소령은 시간이 흘러도 키 하나 자라지 않아 조금 신기했다.

"유령공의 특성입니다."

"응? 그건 또 뭔 소리냐?"

처음 듣는 이야기에 주서천이 눈을 휘둥그레 떴다.

"귀식대법을 기초로 한 유령심공의 수련자는 신체 시간이 남들보다 느리게 흐릅니다."

유령공은 수련하면 수련할수록 인간에서 벗어난다.

자객의 귀식대법이 응당 그렇듯, 맥박은 거의 멈췄나 싶을 정도로 늦춰진다. 호흡 역시 마찬가지였다.

혈액 순환까지 마치 죽은 사람처럼 되어 버리니, 신체 시간이 느리게 흐른다는 비유는 틀린 말은 아니다.

보통 사람이라면 몸에 이상이 생기고 죽음에 이르겠지만, 유령공은 활동에 지장이 없도록 만들어 준다. 아니, 문제없을 뿐만 아니라 특별한 힘을 선사했다.

'허, 설마 그러한 효능까지 있을 줄이야.'

노화의 방지는 무공이라면 전부 갖추고 있지만, 유령공은 그중에서도 탁월한 모양이었다.

　사람이라면 누구나 꿈꾸는 불노이나, 정작 그러한 욕망이 없는 유령들은 그다지 신경 쓰지 않았다.

　'삼안신투가 대단하긴 하군.'

　괜히 무공에 '신'이 붙는 게 아니다. 천하제일, 아니 고금제일의 도둑이자 자객이었다.

　'응? 그러고 보니 소령이 몇 살이었지?'

　생각 도중 소령의 연령을 물어본 적이 없다는 것을 떠올렸다.

　"너 몇 살이냐?"

　"열일곱 살입니다."

　"콜록콜록! 뭐, 뭐라고?"

　주서천의 눈이 빠져나올 것처럼 커졌다. 입이 떡 벌어져 침이 줄줄 흐를 기세였다.

　신체의 시간이 느리게 흐른다고 해서 나이가 있겠구나 생각했지만, 많아 봤자 열다섯이라 생각했다.

　그런데 열일곱 살이라니!

　'알면 알수록 상식에서 벗어난 자들이군.'

　전생에선 그저 정체불명의 자객방이라 생각했다.

　한데 깊게 파고드니 생각 이상의 것들이 나왔다.

심살이라는 비인도적인 것부터 시작하여, 삼안신투가 초대 유령곡주였다는 것까지 놀라운 것뿐이다.

유령곡이 암천회의 실세였다고 밝혀져도 전혀 이상할 것 없을 정도의 수준이었다.

'적으로 만들지 않아서 정말로 다행이다.'

난적을 아군으로 회유한 것은 최상의 계책이었다.

*   *   *

운남, 최남단.

남만을 코앞에 둬서 그런지 삼월인데도 머리 위에서 내리쬐는 열기가 제법 뜨겁다.

"여자를 땡볕에서 기다리게 만들다니, 여전히 취미가 나쁜걸."

햇볕을 가릴 용도로 쓴 죽립이 보인다. 그림자가 얼굴을 가렸지만 그 미모는 여전히 눈부시게 빛났다.

손가락의 기사분반이 햇빛에 반사되어 빛난다.

"섬서에서부터 쉴 새 없이 달려왔는데, 조금 반겨 줘야 하는 거 아닙니까? 여전히 입담이 더러우시네."

주서천이 지지 않고 당혜의 독설을 받아쳤다.

"네놈이야말로 막말을 하는 건 여전하구나!"

독봉의 호위 무사, 원대식이 으르렁거렸다.

"대식아, 너도 여전하…… 응?"

당가의 무리는 서른 명이었다. 그러나 그 얼굴들이 평소와는 조금 달랐다.

"안녕하신가, 주 대협."

노년에 둔 중년이었다. 그런데 어딘가 모르게 낯익다. 처음 보는 얼굴은 아니었다.

"당엽이라고 하네."

"아!"

이름을 들으니 이제야 기억했다.

예전에 당혜에게 협력을 구하려고 당가에 방문한 적이 있었다. 그때 당가의 주점이 열렸을 때 가주인 당유기 근처에서 감독을 맡았던 당가의 장로였다.

"후배가 당가의 장로님을 뵙습니다. 화산파의 사대제자, 주서천입니다."

주서천이 당엽을 알아보고 예의 바르게 인사했다.

"무림인 중에서 자네를 모르는 자가 있겠는가. 그리 소개하지 않아도 알고 있네. 오랜만에 보는군."

당엽이 뒷짐을 쥔 채로 고개를 끄덕였다.

"보다시피 이번 수색대에 나와 혜 아가씨께서 동행하게 됐네. 잘 부탁하지."

"저야말로 잘 부탁드리겠습니다."

하기야, 남만까지 가는데 이렇게 적은 숫자만 보낼 리 없다. 애초에 당혜를 보낸 것만 해도 신기했다.

'독왕은 도대체 무슨 생각이지?'

오대세가는 대부분 혈육에 대한 애착이 크다. 후기지수인 직계 혈통이라면 두말할 것도 없다.

아무리 화인의원의 도움 요청이었다고 해도 딸을 남만의 수색대에 참여시키다니, 무슨 생각인지 모르겠다.

전에도 이런 적이 있어서 의아함은 더했다. 다만 남의 가정사인지라 함부로 물어볼 수가 없었다.

"자, 그럼 준비도 끝났으니 슬슬 떠나 봄세."

"점창파도 합류한다고 들었는데, 기다리지 않아도 괜찮습니까?"

"그들은 이미 남만에 있네. 생각보다 일찍 도착해서 미리 길이라도 알아보겠다고 하더군."

"든든하군요."

주서천에게도 남만은 미지의 지역이다.

화산오장로였던 시절, 책을 읽어 남만에 대한 지식은 있었지만 역시 직접 가는 것과는 다른 법이다.

'신의. 부디 목숨 줄만 붙들고 계시오.'

수색대는 남만의 울창한 대수림에 들어섰다. 큰 나무들이 빽빽하게 자리 잡아, 빛도 잘 들지 않았다.

우거진 잎사귀를 지나쳐, 그 안에서 들려오는 맹수들 울음소리를 경계하면서 깊숙이 들어갔다.

아직도 이곳이 남만의 경계선이자 시작점이라는 것이 믿어지지 않았다. 안에는 무엇이 도사리고 있을지 일행은 감히 상상할 수 없었다.

"이 근처인데……."

당염이 주름 가득한 미간을 찌푸렸다. 점창파와의 합류 지점은 그다지 멀지 않지만, 찾기가 힘들었다.

"끄응, 더워 죽겠군."

"중원과는 기후가 완전히 다르다고 하더니……."

"답답해서 미치거나, 쪄 죽거나."

중원이 남만을 잘 신경 쓰지 않는 점은, 이곳이 환경이 그다지 좋지 못하기 때문이다.

열대 기후다 보니 기본적으로 온도가 높고, 수림 특성상 바람도 나무에 막혀 통풍도 이루어지지 않았다.

게다가 커다란 잎사귀나 이름 모를 식물들이 열기나 습기를 흡수해 잘 빠져나가지 않아 최악이었다.

걷는 것만으로도 체력이 소비되는데 여기에서 전투까지 속행하고 싶지는 않았다.

"그래도 괜찮은 독물이 있는걸?"

"호, 저건 보기 힘든 건데."

"중원으로 되돌아갈 때 챙겨야겠구나."

남만은 예상대로 독물의 천지였다. 일반 사람에게는 위험천만한 곳이었지만, 당가에게는 천국이었다.

다들 눈을 빛내면서 주변을 살피며 걸었다. 그게 위안이 됐는지 기후로 인한 짜증이 조금 줄었다.

그렇게 두 시진을 걸었을까, 당염이 무언가 발견한 듯 활짝 웃었다.

"저기로군!"

이 장, 아니 삼 장 밖에 목책이 보였다. 점창파가 근처에 진지를 구축해 뒀다고 했으니 틀림없다.

"드디어 도착인가!"

"이제야 쉴 수 있겠구나."

수색대원들이 그제야 숨을 크게 내쉬며 웃었다.

"잠깐."

주서천이 걸음을 멈추고 손을 들어 제지했다.

"무슨 일인가?"

당염이 긴장된 기색으로 주서천에게 물었다.

"피 냄새가 납니다."

"……!"

수색대원들의 얼굴이 딱딱하게 굳었다.

"정말인가?"

당염이 반신반의한 얼굴로 물었다.

독을 다루다 보면 냄새에 민감해진다. 그래서 당가의 사람들은 다른 사람에 비해 후각이 발달됐다.

그런데 주서천이 혈향을 맡았다고 하니 미심쩍어할 수밖에 없었다.

"자존심이 무척 상하는 일이긴 하지만, 그래도 경계는 하도록 하세요."

당혜가 불쾌한 목소리로 당염에게 말했다. 아무래도 먼저 눈치채지 못한 것에 자존심이 상한 듯했다.

수색대는 주변을 경계하면서 목적지를 향해 천천히 다가 갔다. 가까워질수록 무거운 긴장감이 감돌았다.

시야를 가리는 잎사귀를 치워 내고, 수풀에서 벗어나자 사람의 손길이 지나간 그루터기가 잔뜩 보였다.

"맙소사!"

당가의 무사가 자기도 모르게 놀란 목소리를 냈다.

새로이 나타난 눈앞의 광경은 참혹했다. 곳곳에 잘린 신체 일부가 널브러져 있었다.

그 밖에도 시간이 지나 굳은 핏자국이 천막이나 나무 탁자 위를 장식했다.

"허어!"

당염이 놀라움 반, 걱정 반이 뒤섞인 소리를 냈다.

놀라움은 주서천이 말한 대로 무슨 일이 벌어진 것이었고, 걱정은 이곳에 있는 사람들의 안전이었다.

"설마하니 점창파가 당한 겐가?"

도저히 믿을 수 없었다.

점창파는 예로부터 실전 무학으로 이름이 높았다. 그들의 도(道)는 전장에 있다는 말이 있을 정도였다.

가끔씩 정파가 아닌 사파가 아닐까 싶을 정도로 호전적인 그들은 구파일방 중에서도 강맹하다고 알려진 만큼 이렇게 쉽게 당했다는 것이 믿기지 않았다.

"적어도 여기서 전멸한 건 아닌 모양이네요."

당혜가 눈을 가늘게 뜬 채로 주변을 슥 훑어봤다.

"과연, 시신이 하나도 보이지 않구려."

자세히 보니 잘려 나간 신체의 일부는 보였지만, 시신은 보이지 않았다.

"다섯 명씩 짝을 지어 이 장 이내를 탐색해라."

"알겠습니다."

원대식이 무사들을 이끌고 주변을 뒤졌다. 탐색을 시작

하고 얼마 지나지 않아 보고가 올라왔다.

"핏자국이 저쪽으로 이어져 있습니다!"

"대충 감이 잡히는군."

주서천이 혼자서 고개를 주억거렸다.

"감이 잡히다니, 그게 무슨 소리인가?"

"그러나 그 감이 맞지 않길 바라고 있습니다."

"궁금하게 하지 말고 얼른 말해 보게."

"경우의 수가 둘이 있습니다. 전자는 대대적인 습격을 당해 다른 곳으로 이동한 것이고……."

"후자는?"

"식인 부족에게 잡혀간 것입니다."

당염의 표정이 딱딱하게 굳었다.

관부의 손길이 닿지 않고, 무법 지대인 남만은 여러 소수 민족, 그리고 문명이 닿지 않은 야만족이 있다.

"식인 부족이 있다는 말인가?"

"예."

주서천은 당염의 물음에 전생에서 책에서 읽었던 남만에 대한 기본지식을 일행들에게 알려 주었다.

"남만에는 나라는 없지만, 그 대신 여러 부족이 있습니다. 그중 하나가 식인 부족입니다."

"쯧! 천인공노할 놈들이로군!"

식인. 그러한 풍습이 어떨지는 두말할 것도 없다.

마도이세에서나 종종 있는 인륜을 벗어난 일이다.

"그리고 느긋하게 움직일 수 없게 됐죠."

당혜도 기분 나쁜 듯 눈썹을 찡그렸다.

식인 부족에게 잡혀갔다면 어떻게 될지는 안 봐도 훤하다. 한시라도 빨리 그들을 구출해야만 했다.

"식인 부족은 식인 전에 자기들 신에게 제사를 올리는 풍습이 있으니 바로 잡아먹히지는 않았을 겁니다."

"그럼 얼마 정도의 시간이 있나?"

"그렇게 많지는 않을······."

주서천이 도중에 말을 끊고 눈을 가늘게 떴다.

"······!"

당염도 이상을 느꼈다. 당혜가 눈짓으로 주변을 슥 훑어보곤 무사들에게 명령을 내리는 게 보였다.

수색대가 삼삼오오 짝을 지어 진형을 만들기 시작했다. 다만 눈치채지 못하게 조심조심 움직였다.

'몇 명이지?'

주서천이 오감을 끌어 올리고, 기감까지 개방했다. 넓게 펼쳐진 감각이 파도가 되어 수림을 훑었다.

사람 네다섯 명은 둘러야 할 정도로의 거목을 지나 울창한 수풀 더미를 샅샅이 뒤졌다.

'찾았다.'

예리한 감각에 걸려드는 건 여덟. 그것도 전부 상당한 실력자가 전 방위에 숨어 있었다.

"사방팔방으로 여덟! 경계 태세!"

주서천의 명령이 내려지자마자 수색대가 일사불란하게 움직였다.

원래는 여태껏 당염이 이끌었지만, 그가 합류한 이후로는 지휘권이 옮겨졌다. 남만에 대해서 약간이나마 알고 있고, 그보다 강한 자가 없으니 당연했다.

당염도 그걸 알기에 불만 없이 얌전히 따랐다.

푸숫!

"킥!"

무사가 목덜미를 붙잡고 픽 쓰러졌다. 주서천과는 정반대 방향에 있어서 아쉽게도 구하지 못했다.

주서천은 눈을 크게 뜨고 무사의 목덜미를 살폈다. 자세히 보니 침 하나가 꽂혀 있는 게 보였다.

"독침입니다! 조심하십시오!"

남만은 독과 주술, 야수를 이용한다. 그중 독은 중원과는 비교도 할 수 없는 수준이었다.

독혈곡이라 일컬어지는 애뇌산에서 등장하는 독물들도 이곳, 남만에서는 흔하게 발견된다.

"후웁!"

숨을 들이쉬자 근육이 부풀어 올랐다. 피가 빠르게 돌면서 머리가 뜨거워졌다. 단전이 끓어올랐다.

"어딜!"

왼발을 내디디고, 애검인 태아를 있는 힘껏 휘둘렀다. 한 손도 아닌 양손, 만중검이다.

부웅!

무게가 실린 검. 중검을 휘두르자 그만큼 검압도 늘어났다. 압력이 뭉쳐서 바람이 되어 돌풍이 됐다.

대기를 짓누르는 묵직한 파공음이 터지면서 검풍이 뿜어져 나와 앞에 있는 모든 걸 쓸어버릴 기세로 쏟아졌다.

쿠아아앙!

검풍만으로 폭발이 일어났다. 앞에 있던 거목이 흔들릴 정도의 위력이었다.

수풀은 둘로 나누어지며 뜯어졌다. 그 사이에 숨어 있던 식인 부족 둘이 벌러덩 넘어져 굴렀다.

'과연, 생각한 대로의 위력이다. 실을 수 있는 무게도 증가하고, 보다 안정적이야. 무엇보다 철검이 아닌 태아를 쓰니 무리를 할 필요도 없다.'

주서천도 스스로 놀라워하면서 또 흡족해했다.

고생해서 철포삼을 수련한 보람이 있었다.

사실, 몸이 단단해지는 것보다는 만중검을 보다 완벽하게 펼치는 것에 의의가 컸다.

"어딜!"

식인 부족이 다시 일어나려 하자, 주서천이 어림없다는 듯 땅을 박차고 뛰쳐나갔다.

또 무슨 짓을 할지 모르니 빨리 처리할 셈으로 거리를 좁히려 하자, 근처에서 움직임이 또 포착했다.

방금 전에 두 명이 당하자, 근처에 있던 양쪽 수풀에서 한 명씩 나와 측면에서 공격해 왔다.

동시에 넘어져 있던 식인 부족도 벌떡 일어났다.

'과연, 낚시인가!'

완전히 일어나기 전에 달려오게 만들어 순식간에 끝내는 거겠지. 전술은 칭찬할 만했다.

그러나 그 정도야 주서천도 경계했다. 아니, 애초에 경계하지 않는다 할지라도 전혀 위험하지 않았다.

양손으로 쥐었던 검을 한 손으로 잡고, 만중검 대신 실로 오랜만에 이십사수매화검법을 펼쳤다.

파바밧!

검 줄기가 화려하게 내뿜어졌다. 식인 부족 입에서 놀란 목소리가 났지만, 그것이 마지막이었다.

비록 쾌검은 아니지만 화경의 검수가 힘껏 펼친 만큼 그 속도가 보통이 아니었다. 주변이 조각났다.

"크아악!"

사냥감을 노리던 식인 부족 넷이 순식간에 당했다.

주서천은 목숨이 끊긴 것을 확인하자마자 등을 돌려 외쳤다.

"수림은 그들의 영역이오! 괜히 무리해서 끌려가지 말고, 서로를 의지한 채 침착하게 대응하시오!"

상황이 상황인지라 경어는 생략했다.

"큭!"

"커컥!"

그러나 부상자가 속출했다.

낚시에 걸린 건 아니다. 수풀 사이에서 날아오는 독침에 맞아 쓰러졌다.

"당가의 무사가 독침에 이렇게 쉽게 당한다고?"

당염이 어이없어했다.

굳이 직계나 방계 혈통이 아니라 할지라도, 당가의 무사들은 독과 근접해 있어 내성이 자연스레 높다.

"감히, 누구 앞에서⋯⋯."

당염뿐만 아니라 당혜도 자존심이 상했다. 당가가 독침으로 농락당한다는 상황이 마음에 들지 않았다.

"중원의 독을 보여 주마!"

당혜가 오른손을 쭉 뻗었다. 크게 부풀어진 소매 안에서
암기가 뿜어져 나왔다.

그러나 암기를 쓰기에는 주변 환경이 좋지 못했다.

아무리 정확한 명중을 자랑한다 할지라도, 무식할 정도
로의 커다란 거목이나 잎사귀, 그 외에도 덩굴이 방해하다
보니 변수가 너무 많았다. 게다가 식인 부족이 수풀을 통해
이동하니 거의 무의미했다.

그래서 주서천도 검을 휘두르는 데 방해가 될 것 같아,
검풍으로 앞에 있는 수풀부터 뜯고 시작했다.

열대 기후, 숨이 막히는 열기와 습기, 쉴 틈 없이 달려드
는 벌레와 독물, 그리고 빽빽한 지형지물까지!

보이지 않는 곳에서 식인 부족까지 공격해 오니, 남만은
그야말로 지옥이나 다름없었다.

괜히 관부나 중원 무림이 남만에 진출하지 않은 게 아니
다. 환경이 척박해도 너무 척박했다.

이런 곳에서 사는 사람들을 이해할 수 없다.

"기다려!"

주서천이 사고가 나지 않도록 얼른 나섰다.

똑같이 검풍부터 날려 수풀부터 뜯거나 밀어 버리고, 화
산의 검으로 세 명을 순식간에 처리했다.

"일부러 놓친 거야?"

당혜가 한 명이 도망가는 걸 보고 물었다.

"그래. 소굴을 알아야 하니까. 쓰러진 무사들에게 해독제 놓아 주고, 챙겨서 얼른 가도록 하자."

화인의원이 괜히 주서천에게 도움을 요청한 게 아니다. 남만의 환경과 무서움을 알고 있기에, 당가만으로는 부족하다는 걸 느끼고 그를 찾았다.

"무사할까?"

"점창파가 없다면 수색은 더더욱 힘들어질 거야. 부디 살아 있기만을 바라야지."

그리고 신의도 식인 부족에게 붙잡히지 않았기를 바랐다. 그거야말로 최악의 경우였다.

第四章

식인부족(食人部族)

　대수림의 깊숙한 곳.

　울창한 수목들을 지나면 고대로부터 내려져 온 사원이 존재했다. 어찌나 오래되었는지 곳곳에는 이끼로 가득했지만, 흘러간 세월이 무색할 만큼 어마어마한 위용을 자랑했다.

　"점창파가 이리 쉽게 당하다니……."

　보름 전, 운남의 최남부 마을에서 당가와 매화정검을 기다리는 동안 먼저 탐사를 행하기로 했다.

　처음에는 딱히 문제 될 건 없었다. 옛적부터 운남과 남만을 오가는 자에게 돈을 주고 안내를 받았다.

길을 잃을 염려도 없었고, 헛고생도 하지 않았다.

적당한 곳에 도착해 주변을 정리하고 진지를 구축했다. 여기까지는 좋았다. 다음이 문제였다.

식인 부족의 습격.

남만의 주요 부족에 대해선 알고 있었다. 나름대로 대비도 하고 있었다. 그러나 그것이 문제였다.

점창파는 과한 자신감에 차 있었다.

식인 부족은 생각 이상으로 강했다. 중원에서 볼 수 없었던 무공과 독, 그리고 주술은 압도적이었다.

결국 구파일방, 아니 정파 무림 중에서도 실전에선 상위에 속한다는 점창파조차 당해 내지 못했다.

신의의 수색대에 뽑힌 제자들만 오십이었는데, 그중 열이 죽고 나머지 마흔은 산 채로 붙잡혀 왔다.

"풀어 줘! 우리가 누군지 아느냐!"

"비겁한 놈들! 산공독을 쓰다니!"

정신을 차렸을 때는 쇠창살 안에 있었다. 무공을 쓰려고 해도 독 탓에 내공을 끌어 올릴 수가 없었다.

'이대로 끝이란 말인가?'

식인 부족의 습성은 알고 있다.

그들은 이름 그대로 식인을 한다. 정체불명의 말을 중얼거리며 제사를 한 뒤, 달려들어 살점을 뜯었다.

그 생각이 드니 점창의 제자들은 얼굴이 새하얗게 질린 채, 언제 죽을지 모르는 나날을 기다렸다.

* * *

주서천은 식인 부족의 흔적을 찾아 기척을 최대한 죽이고 살금살금 걸었다. 수색대가 그 뒤를 따랐다.

'그나저나, 소령을 아무도 눈치 못 채는구나.'

소령을 눈치채면 어찌 설명할지 고민했는데, 그럴 필요가 없었다. 초절정에 이르는 당혜나 당염조차 그녀의 기척을 느끼지 못했다. 괜히 유령이 아니다.

소령은 원래부터 유령곡 내에서 완성된 자객이기도 하지만, 주서천을 오랫동안 따라다니며 약간의 성취를 이루었다. 게다가 심심하면 검을 부딪치면서 수련을 했으니 성장할 수밖에 없었다.

"아까 보니 식인 부족에 대해 잘 알고 있던 것 같은데?"

추격 도중 당혜가 궁금한 듯이 물어 왔다.

"남만과 관련된 책을 읽었거든."

"그건 도움이 될 만한걸."

주서천의 말에 수색대원들의 안색이 밝아졌다.

사람에게 미지란 공포이니, 적어도 그건 해결됐다.

"그러면 뭘 조심해야 하는지 가르쳐 주겠나?"

당염도 반색하며 주서천에게 물었다.

"아까 전에 봤듯이 독침의 위력이 상당합니다. 남만의 지형을 자기 집처럼 사용해서 까다롭고요."

"그건 아까 우리도 봤네. 정말로 성가시더군."

암기가 장기인 당가에게는 최악의 환경이었다. 지형지물이 전부 막아 버리니 소용이 없었다.

"그렇다고 접근전이 쉬운 것도 아닙니다. 그들은 전부 전투의 대가입니다. 이걸 보십시오."

주서천은 식인 부족에게서 수집한 칼을 꺼내 보였다.

"만도(彎刀)?"

장도라기에는 짧고, 단도라기에는 길었다. 길이는 중간 정도였으며 날이 살짝 굽은 것이 특징이었다.

"남만에서는 밀림도(密林刀)라 불립니다."

원래는 벌초 및 벌채를 위해 사용한 도구다. 날이 두껍고 튼튼해, 웬만한 걸 베어도 끄덕하지 않았다.

나무나 덩굴 등을 자를 용도로 만들었는지 파괴력이 엄청난데, 남만의 몇몇 부족들은 이걸로 사람을 쪼개는 용도로 즐겨 쓰기도 하였다. 그렇다 보니 후에는 무술로 연구되고 발달했다.

"접근전에 자신이 있지 않은 이상, 적어도 세 명씩 짝지어서 한 놈을 공격하십시오."

"고작 한 명을 세 명씩이나 맡아야 하나?"

당염이 눈살을 찌푸렸다. 천하의 당가가 야만족 하나에게 조심해야 한다는 것이 자존심이 상했다.

"이곳이 중원이 아니라 남만이라는 걸 명심하십시오. 기후에 적응하지도 못해 제대로 된 힘도 내지 못하잖습니까. 그리고 이곳이 그들의 앞마당이란 것도 참조하셔야 합니다."

일부러 괜한 자존심을 건들지 않으려고, 환경의 탓으로 돌렸다. 실제로 그런 연유도 있긴 했다.

'하여간, 당가 놈들은 귀찮단 말이야.'

당혜가 그중에서도 성격이 제일 더러운데, 직계나 방계도 마찬가지다. 하나같이 자존심만 드세다.

속도 좁아서 괜히 원한이라도 사면 잊지 않고 자식 대까지 이어져 온다. 귀찮은 일이 벌어지지 않도록 적당히 비위를 맞춰 줬다. 당혜만으로도 피곤하다.

"누가 내 욕을 한 것 같은데……."

당혜가 매서운 눈썰미로 주서천을 슥 훑었다.

"습기로 민감해진 모양이네. 기분 탓이야."

주서천이 눈썹 하나 까닥하지 않고 거짓말을 했다.

약 한 시진 정도를 걸었을까. 슬슬 숨이 거칠어질 때쯤,

수풀 너머에서 북소리가 들렸다.

둥! 둥! 두둥! 둥! 둥! 두둥!

대수림 전체에 울려 퍼지는 북소리. 앞으로 걸을수록 그 소리는 크게 퍼지며 고막을 때렸다.

이때부터 소리가 거의 나지 않도록 기어가듯이 살금살금 다가갔다.

들키지 않도록 수색대를 잠시 멈춘 다음, 혼자서 유령공을 운용해 잎사귀 사이를 지나갔다.

'찾았다!'

주서천이 소리 나지 않게 살짝 웃었다.

그의 시선 끝에는 수풀이 끝나고, 수림 한가운데 세워진 거대한 사원이 눈에 들어왔다.

'많군.'

아무래도 본거지에 온 듯했다. 식인 부족의 숫자가 대충 세어도 이백은 됐다. 많은 숫자였다.

그리고 무슨 의식을 하는 중인지, 경계도 삼엄했다.

화지 대신 신체를 써서 몸에 문양을 그려 둔 식인 부족이 밀림도나 창을 들고 곳곳에 있었다.

'어디 있지?'

혹시 몰라 점창파를 찾아봤다. 그러나 애석하게도 보이지 않았다. 그래도 희망을 잃지는 않았다.

현재 있는 곳은 사원의 뒤편이다. 입구가 보이지 않았다. 아마 반대편인 정문에 있지 않을까 싶었다.

웅성웅성.

아직 주변을 살펴보고 있을 때, 사원의 너머에서 소란이 들렸다.

'도망친 놈인가.'

이곳까지 안내한 미끼가 상황을 알리고 있는 모양. 어차피 여기서 시간을 끌 생각도 없었다.

'여기라면 당가도 마음껏 싸울 수 있다.'

대수림 한가운데 있지만, 본거지라서 그런지 생활하기 편하도록 나무는커녕 수풀 하나 안 보였다.

당가를 신경 쓰지 않고 싸울 수 있다면 앞으로의 전투가 보다 쉬워지니 나쁠 건 없었다.

'좋아. 그럼 이대로 간다.'

주서천이 소령을 옆에 두고 뒤로 슥 물러났다. 그리고 스무 걸음 정도 떨어진 곳에서 수색대원들에게 간단히 작전의 개요를 설명한 다음 함께 이동했다.

'스물일곱.'

아까 독침을 맞고 쓰러진 인원은 근처 수풀 속의 나무 아래에 숨겨 두고 왔다. 셋이 빠졌으니 스물일곱.

주서천 본인까지 포함하면 스물여덟 명이었다.

이들을 지키면서 이백여 명이 넘는 식인 부족과 싸우려면 성가시겠지만, 어쩔 수 없었다.

사원의 반대편으로 이동해서 점창파를 빠르게 구출시켜 합류할 생각이었다.

툭.

작은 돌멩이를 숨어 있는 수풀 바로 앞에 던졌다. 그러자 근처에서 경계 중이던 식인 부족 둘이 소리의 근원지를 찾아 걸어왔다.

슬금슬금. 경계가 삼엄해서 그런지 이쪽으로 다가오는 것도 조심스럽다. 하나는 앞에 서서 큼지막한 밀림도를 들어 근접전을 준비하고, 다른 하나는 뒤에서 독침을 쏘아 낼 죽통을 입에 물었다.

수색대 사이에서 팽팽한 긴장감이 돌았다. 그 긴장감이 표출될 무렵, 식인 부족이 코앞까지 다가왔다.

밀림도로 수풀 사이를 쑤시려는 그 순간.

슈우웃!

수풀이 갈라지면서 단검이 튀어나온다. 워낙 빨라 반응하기도 힘들었다.

"커헉!"

언제든지 독침을 쏠 준비 중이었던 식인 부족이 목에 단검이 꽂혀 끅끅거렸다. 시뻘건 핏물이 목의 구멍을 통해 꿀

럭인다. 결국 입에 바람을 넣지 못했다.

"……!"

앞에 있던 식인 부족이 화들짝 놀랐다. 습격을 당했다는 걸 인식하자, 경계병답게 소리부터 지르려 했다.

휘익!

그러나 이번에는 수풀 속에서 사람이 튀어나와서 막았다. 주서천은 손을 번개같이 뻗어 경계병의 정수리와 턱을 붙잡고 휙 돌렸다.

우드득.

즉사였다.

"당신, 실은 도사가 아니라 자객이 아닐까 싶은데."

휘리릭!

당혜가 손목에 연결된 얇은 줄을 당겼다. 목에 꽂혀 있던 단검이 슥 빠지며 소매 안으로 돌아왔다.

사거리에 제약이 생기지만, 사용과 회수가 자유로운 암기인 비단검(飛短劍)이었다.

"강호가 원래 험한 법이 아닌가. 은밀한 동작 한둘은 익혀야 하지 않겠어?"

눈을 가늘게 뜨고 의심스러운 눈초리로 바라보는 당혜의 질문에 주서천이 아무렇지 않게 능청을 떨었다.

"자, 그럼 가자."

주서천이 목을 부러뜨린 식인 부족에게서 뺏은 밀림도를 쥐었다. 기분 좋은 묵직함이 손에 딱 감긴다.

"적! 먹이다! 적이다!"

경계병이 하나둘만 있던 게 아니다. 조금 더 걷자 대기하고 있던 식인 부족이 금세 나왔다.

사원을 중심으로 북서 방향에서 침입했다. 정면은 물론이고 측면에 있던 경계병도 일행을 발견했다.

"야만족 주제에 말은 할 줄 아는군."

당염이 신기한 듯 중얼거렸다. 발음이 조금 알아듣기 힘들지만, 중원의 언어가 분명했다.

"지금은 관리조차 하지 않지만, 그래도 중원에 패배해 영토를 흡수당했으니까요. 당연히 하겠죠."

남만의 남부라면 모를까, 중원과 가까운 북부로 들어왔으니 언어가 비슷해도 이상할 건 없다.

"후웁!"

주서천이 숨을 들이쉬었다. 그러곤 오른팔을 시원스레 휘둘렀다. 밀림도가 손에서 벗어났다.

휘리릭!

밀림도가 공중에서 화려하게 회전하며 날아가더니만, 정면에 있는 식인 부족의 머리에 정확히 박혔다.

"……!"

식인 부족들 입에서 놀란 목소리가 빠져나온다.

주서천은 허리춤의 검을 빼 들면서 소리쳤다.

"중원에서 온 수색대요! 구하러 왔소!"

"아와와와와!"

그러나 그 목소리는 식인 부족의 괴성에 묻혔다.

아와와와와!

한 사람에게서 시작된 괴성은 둘로, 둘로 시작된 괴성은 넷으로. 그렇게 온 사방으로 퍼져 울렸다.

적이 우후죽순 나타나기 시작했다. 앞은 물론이고 옆, 그리고 사원에서도 이쪽을 내려 보기 시작했다.

원래는 제사를 지내느라 건축물의 앞에 있던 것 같았는데, 소란을 듣고 이동했다.

"우리를 죽이려고 정면으로 들어온 건 아니겠지?"

원대식이 기하급수적으로 늘어나는 식인 부족의 숫자들을 보고 식은땀을 흘렸다.

숫자가 많은 줄은 알았지만 이 정도일 줄은 몰랐다.

"아무리 본 가에서 정예를 뽑아 왔다고 하지만, 남만의 힘을 얕보지 말라고 한 건 주 대협이 아닌가."

당염도 그 높은 자존심을 접고 침을 꿀꺽 삼켰다.

"걱정하지 마십시오."

주서천이 앞으로 당당하게 걷는다. 마치 산책이라도 하

듯, 그의 몸에서 약간의 여유까지 느껴졌다.

"저쪽이 수로 밀어붙인다면⋯⋯."

주서천의 눈이 독수리처럼 매서워졌다. 가늘게 떠진 눈매 사이로 살의를 담은 안광이 뿜어졌다.

"여기는 저로 밀어붙이면 됩니다."

터무니없는 자신감에 당혜가 어이없어했다. 그러나 여기 있는 그 누구도 그 말을 부정하지 못했다.

그의 말에 실제로 설득됐는지 몇몇은 아예 고개를 끄덕이기까지 했다.

당혜가 그 반응을 보고 싸늘하게 웃었다.

"그렇죠. 천하백대고수이자 정파의 영웅. 화산파의 대제자 매화정검 대협님께서 계시는데 무서워할 필요는 없겠죠. 어머나, 기뻐라. 대단해라. 당가의 무사 분들께서는 아예 주서천 대협께 모든 걸 맡길 모양이네요. 이왕 이렇게 된 거, 차라리 화산파로 옮겨 가는 건 어떨까요?"

"⋯⋯."

당가 무사들의 낯빛이 검게 죽어 갔다. 지금 코앞에 둔 식인 부족보다 당장 내일부터 음식에 뭐가 들어간 건 아닐지 걱정해야 할 판국이었다.

＊　　＊　　＊

식인 부족의 통치자, 사제(司祭)는 분노를 금치 못했다.

얼마 전, 영역 내로 먹이들이 들어왔다. 타 부족의 습격인가 싶었는데 아니었다. 중원의 무림인들이었다.

무림인의 고기는 그다지 맛이 없다. 근육으로 단련되어 살이 질기고 노린내도 심해 먹기 힘들었다.

그러나 그들의 진가는 심장과 내장, 그리고 뇌다. 맛은 없지만 이 부위를 먹으면 힘을 얻을 수 있었다.

특히나 사제에겐 주술을 높이는 데 도움이 되는 부위였다. 그는 중원인들을 보자마자 식욕이 들끓었다.

그래서 그들을 습격하고, 포획해 왔다. 그리고 오늘, 먹기 전의 준비인 제사를 하던 중이었다.

한데 이게 무슨 일인가!

"감히 어떤 놈이 신성한 의식의 방해를 하느냐!"

갑자기 소란스러워지더니 습격자들이 나타났다.

"누군지 알아 와라!"

사제의 불호령이 떨어지자 전사들이 움직였다.

"중원인입니다!"

"흠?"

사제의 분노가 금세 누그러졌다. 그 대신 입가에 웃음이 잔혹하게 번졌다.

만약, 타 부족이었다면 잔인한 형벌을 내리려고 할 셈이었으나 중원인이라는 말에 기분이 좋아졌다.

"이게 웬 떡이더냐. 남만의 신이 우리를 보살피는구나."

처음에는 백에서 이백 정도 습격해 온 줄 알았다. 그런데 그 인원수를 듣자마자 비웃음이 터져 나왔다.

"서른도 되지 않는다고? 미친놈들. 중원의 무림인들은 하나같이 오만방자한 놈들뿐이구나. 하하."

사제는 일부러 들으라는 듯이 목소리를 높여 웃었다. 그의 시선 끝에는 우리에 갇힌 먹이들이 보였다.

"들었느냐? 서른도 되지 않는다고 하는구나! 내 그곳에 고향 사람들을 넣어 줄 테니 기다리도록 하라!"

먹을 것이 늘어났다는 생각에 휘파람이 절로 나왔다.

주서천이 정면을 향해 손가락을 까딱였다.

"쿵!"

식인 부족 중 덩치가 산만 한 자가 앞으로 나섰다.

아까는 수림의 어둠 탓에 제대로 못 봤는데, 식인 부족은 전원 특징이 있었다.

피부는 오랫동안 햇빛에 노출되어 그런지 건강하게 그을렸고, 온몸은 알 수 없는 문양이 그려져 있었다.

상반신은 그대로 노출했는데, 조각가가 공들여 손을 댄

것처럼 완벽한 근육이 보였다.

그리고 제일 돋보이는 것은 눈. 마치 먹이를 노리는 굶주린 짐승과 마주 보는 기분이었다.

"나, 전사……."

"명예를 들먹일 생각이면 그만둬라. 인육이나 처먹는 놈의 이름 따위 기억하고 싶지 않으니까."

주서천이 검을 빙글 돌려 고쳐 잡는다.

"낄낄낄!"

"끌끌!"

전사가 말을 제대로 잇지도 못하고 끊기자, 주변의 식인 부족들이 웃음을 터뜨렸다.

아무래도 지금 이 상황을 심각하게 여기지 않는 분위기다. 마치 사냥을 구경하는 모양새였다.

모욕을 당한 전사는 자존심이 상했는지, 얼굴이 금세 붉으락푸르락해졌다. 눈에 핏발도 섰다.

"크아아압!"

분노를 쏟아 내기 위해 몸을 먼저 움직였다. 대화는 필요 없었다. 몸은 육중한 주제에 제법 민첩했다.

주서천은 달려드는 식인 부족을 가만히 지켜봤다.

'일류에서 절정 정도인가.'

기세만 대충 봐도 경지를 알 수 있었다. 그뿐만 아니라 주변도 비슷해 보였다.

'과연, 약육강식의 세계.'

남만은 어찌 보면 힘의 법칙을 따르는 마교와 닮았다. 약자는 먹히고, 강자는 먹어서 살아남는다.

그에 알맞게 남만인은 중원인보다 숫자가 적다 할지라도, 개개인의 무위는 상당히 뛰어났다.

두근. 두근.

맥박이 점차 빨라진다. 혈액 순환이 빨라진다. 손에 힘이 들어간다. 전투 직전의 고양감이 솟아올랐다.

타앗!

전사가 코앞까지 다가온 순간, 주서천의 신형이 불현듯이 앞으로 쏘아져 나갔다.

"……!"

전사의 눈이 커졌다. 흥분했는데도 눈앞의 상황은 잘 파악했다. 그건 본능이었다.

'안 돼!'

분명 약해 보이는 먹이었다. 한데 어찌 된 영문인지 눈을 껌뻑이니 사라지더니만, 코앞에 나타났다.

도저히 쫓을 수 없는 속도였다. 이만한 속도를 가진 강자는 부족 내에서도 별로 없다.

머릿속에서 경종이 '앵앵' 하고 시끄럽게 울렸다. 본능이 함부로 다가가선 안 된다고 알린다.

그러나 이미 늦었다. 다리를 멈추려는 순간, 앞에서 빛줄기가 터지며 선을 그었다. 대각선이었다.

서걱.

시야가 비스듬하게 갈라지며 천천히 미끄러졌다. 정확히 말하면 시야가 아닌, 전사의 육신이었다.

무시무시한 속도로 전사에게 파고든 주서천은 검을 재빠르게 휘둘러, 전사의 몸을 대각선으로 동강 냈다.

"후읍!"

그걸로 끝이 아니다. 출수한 검을 허리춤으로 옮겨 회수했다.

웅웅.

검신이 공명하듯 파르르 울린다. 미약하게나마 자색이 뒤섞인 기의 자락이 뭉쳤다.

파앙!

공기가 터지는 소리가 났다. 검을 휘둘러서 난 것이 아니다. 주서천이 대기를 꿰뚫고 뛰쳐나갔다.

다리에 힘을 주었다가 폭발시킨 힘이 대단했다. 돌풍과 동시에 일직선을 그리면서 앞으로 나아갔다.

"흡!"

구경 중이었던 전사 넷이 헛바람을 들이쉬었다. 그들도

눈을 동그랗게 뜨며 이동 속도에 놀랐다.

그러나 할 수 있었던 건 놀라는 것뿐. 애초에 마음을 편히 잡고 있던 대가는 컸다.

스걱!

시원할 정도로 깔끔한 소리가 났다. 제일 가까이에 있던 전사의 팔이 동강 나며 허공으로 떠올랐다.

파바바밧!

검격은 거기서 끝난 게 아니었다. 물리적으로 베어 버린 뒤, 검기의 여파가 대기를 미끄러지듯 지나간다.

혼자 다니지 않는 습성이 지금은 도리어 방해가 됐다. 바로 뒤에 서 있던 자가 사정권 내에 들어왔다.

"캬아악!"

가슴팍에 기다란 혈선이 그어졌다. 피부가 찢기면서 그 안에 있던 살도 무참하게 베어졌다.

흩뿌린 피가 안개가 되어 섬뜩하게 피었다. 주서천은 얼굴에 튀려던 피를 검풍으로 날려 버렸다.

"캬아앗!"

누군가 괴성을 지른다. 고통이 섞여 있다. 굳이 고개를 돌려 볼 필요도 없었다. 팔이 잘린 전사의 분노다.

획!

오른발을 축으로 삼아 빙글 돌았다. 방금 전까지만 해도 밟고 있던 자리에 밀림도가 떨어져 내렸다.

나무도 깔끔하게 잘라 내는 칼날이 지면에 부딪치면서 시끄러운 소리가 고막을 때렸다.

'북서 방향, 독침!'

주서천이 그 와중에 주변의 움직임까지 포착했다.

눈동자는 상하좌우 무서운 속도로 움직이고, 예민해진 감각은 그물이 되어 주변을 뒤덮은 상태였다.

"이리 와라!"

오른손은 내버려 두고, 왼손을 쭉 뻗어서 팔이 잘린 전사의 목을 낚아채서 방패로 삼았다.

북서 방향에서 날아온 독침 여럿이 방패로 내세운 전사의 몸에 수두룩하게 박혔다.

"당가!"

"알아."

당혜가 품 안에서 어린아이 머리만 한 구를 꺼냈다. 아무런 무늬 없는 흑색이었다.

"당가의 힘을 보여 줄게."

핑그르르!

손바닥에 힘을 주고, 공을 위로 튕겨 올린다. 회전력을 더했는지 공중에서 화려하게 회전했다.

신기하게도 그 과정은 전혀 거칠지 않았다. 공은 물 위를 흐르듯, 부드럽고 천천히 떨어지기 시작했다.

그리고 가슴 높이에 도착한 순간 당혜의 쌍장이 공을 힘껏 후려쳤다.

타앙!

"잠깐, 저거 설마……."

주서천이 날아가는 공을 보고 질겁했다. 전란의 시대에서 사용됐다는 당가의 암기가 떠올랐다.

"천뢰구(天雷球)."

콰아아아아아앙!

식인 부족 한가운데에 도착한 공이 굉음과 더불어 불꽃을 토해 냈다. 천지를 뒤흔들 정도의 폭발이었다. 그리고 그 속에서 수천 개의 침이 발산됐다.

"으아악!"

"끄악!"

"캬아아악!"

여기저기서 식인 부족들의 처절한 비명이 들려왔다. 화염에 휘말렸을 뿐만 아니라, 몸에 침이 박혔다.

침이 그냥 박힌 것도 아니고, 압축됐다가 폭발의 힘을 빌려 날아가 그만큼 파괴력도 보통이 아니었다.

살은 물론이고 단단한 뼈대까지 구멍을 내고 사라지는 경우도 종종 있었다.

경천동지할 위력. 여기에 정파인들이 있었다면 더 이상 무공이 아니지 않냐며 화를 냈을 정도다.

'아니, 천뢰구가 왜 벌써 나와?'

주서천은 피부에 확 와 닿는 화염의 열기를 느끼면서 당황을 금치 못했다. 이해하지 못하겠다는 표정이었다.

'정사대전이 끝나고 전란의 시대에 개발됐을 텐데?'

천뢰구는 아무리 당가라 할지라도 정파, 아니 무림 정서상 사용하기에는 꺼림칙한 무기다.

독과 암기는 그래도 아슬아슬하게 무공의 반열에 어찌어찌 있지만, 천뢰구는 그냥 폭약이니까. 무를 숭상하는 자들에게는 혐오 그 자체인 병기였다.

그러나 전란으로 인해 몇 번이나 위기를 겪게 된 이후, 당가가 위기감을 느껴 개발해 사용하게 된다.

다만, 그때 당시에도 사용의 유무로 말이 많았던 무기였다.

"너무 그런 표정 짓지 마. 실험해 보려고 가져온 거니까. 그리고 적이 야만족이니 사용한 거고. 아무리 나라도 중원에서 이런 걸 함부로 쓰지는 않아."

당혜가 주서천의 당황한 얼굴을 보고 천뢰구에 생리적 혐오를 느끼고 있다 지레짐작해 설명했다.

"확실히 그가 말한 대로 위력은 대단하지만, 드는 돈에 비해 그렇게 효율적이지는 않네."

"그?"

"제갈 공자. 전에 금의상단에 머물 때, 당신의 동생에게 이것저것 물어보니 친절하게 알려 주더라."

'너였냐!'

생각해 보니 당가는 과거에도 제갈승계에게 관심을 많이 보였다. 죽통노의 설계도도 돈으로 사지 않았던가.

아무래도 알게 모르게 당혜가 제갈승계를 찾아가서 기관 장치에 대해서 물어본 모양이었다.

제갈승계야 기관 이야기면 환장하는 놈이니, 분명 신이 나서 여러 가지를 알려 주었으리라.

"으, 으으……!"

"아, 악마……."

"악마다! 귀신이다!"

천뢰구로 사십에서 오십여 명이 당했다. 그중 반 이상이 사망하고, 나머지 반은 중상을 입었다.

식인 부족들이 이제야 반응했다. 두려움과 경계, 그리고 분노로 가득한 시선으로 일행을 노려봤다.

"사람을 먹는 것들 주제에 악마라고?"

주서천이 옷에 묻은 먼지를 툭툭 털며 어이없어했다.

"가당치도 않네."

당혜가 눈썹을 구부렸다.

"한가하게 말을 나눌 때는 아닌 것 같습니다!"

원대식이 좁혀 오는 포위망을 느끼고 소리쳤다.

"이대로 돌파한다!"

당염이 주먹을 쥐고 머리 위로 올렸다.

"와아아아아!"

"아가씨를 따르라!"

"당가의 무서움을 보여 줘라!"

천뢰구의 힘으로 식인 부족은 압도당했지만 당가는 그 반대였다. 세가의 힘에 전율하며 사기가 올랐다.

"가자아!"

주서천이 마무리를 하듯, 소리를 힘껏 질렀다. 마치 소림의 사자후처럼 쩌렁쩌렁하게 울려 퍼졌다.

"우오오옷!"

측면이나 후위는 당가에게 맡긴다. 할 일은 앞으로 돌진하여 달려드는 식인 부족을 제거하는 일이었다.

파바바밧!

"아악!"

"캭!"

식인 부족은 확실히 강하다. 그러나 중원 무림으로 따지자면 대단해 봤자 절정 정도의 수준이었다.

그리고 그들은 훤히 드러난 곳보다는 대수림 속에서의 전투에 특화되어 있다. 이렇게 뻥 뚫린 곳에선 본신의 무력을 전부 내보이지 못했다. 주서천은 이를 노리고 더더욱 밀어붙이며 안으로 파고들었다.

"여기 있소!"

"살려 주시오!"

사원의 측면 부분이 시야에서 사라졌다. 드디어 정면이 보이기 시작했다.

그리고 정중앙의 끝, 쇠창살로 된 우리 안에 갇힌 중원인들이 보였다. 점창파가 틀림없었다.

"어?"

안법으로 시력을 높여 우리 안의 얼굴들을 확인하던 중 낯이 익은 얼굴이 보였다.

상대방도 주서천을 보고 놀란 듯 눈을 동그랗게 떴다.

"점창칠공자?"

"주 대협이 아닌가!"

과거, 독혈곡에서 만나 함께 칠각사를 사냥했던 무인.

점창칠공자인 단하성이 그곳에 있었다.

第五章
전장재회(戰場再會)

아와와와!

한가하게 인사를 할 틈은 없었다. 곳곳에서 울려 퍼지는 괴성들이 경각심을 높였다.

주서천은 다리에 힘을 주고 지면을 박찼다.

"막아라!"

사원의 꼭대기에서 사제가 고함을 지르자, 열에 이르는 식인 부족이 길목을 막아섰다.

"크아압!"

주서천이 맹수처럼 포효했다.

"……!"

단순히 소리만 친 게 아니다. 목소리에 내공이 실렸다. 열 명의 식인 부족이 동시에 멈칫했다.

충격이라도 받은 것인지 동공은 풀렸고, 근육은 말을 듣지 않는지 미세하게 떨기만 했다.

"둘!"

사형 선고가 내려진다. 식인 부족에게 접근해서 검을 재빠르게 두 번 휘둘렀다.

쐐애액!

바람이 터지면서 검이 날아간 순간, 식인 부족이 일시적인 마비에 풀리면서 막기 위해 밀림도를 들었다.

서걱!

그러나 검에 닿은 순간, 남만에서도 두께와 튼튼함을 자랑하는 밀림도조차 물처럼 깨끗하게 베였다.

식인 부족이 대경하면서 눈을 부릅떴다. 작아진 동공에 비치는 건 검에 실린 강기였다.

"캭!"

식인 부족이 외마디 비명을 흘리면서 절명했다. 밀림도 다음으로는 몸뚱이가 깔끔하게 양단됐다.

그것도 하나가 아니라 둘이나 당했다. 워낙 순식간에 벌어진 일이라 어안이 벙벙했다.

"괴물인가!"

열이 여덟이 됐다. 남은 식인 부족이 경악했다.

주서천은 그들이 놀라건 말건 상관하지 않았다. 그저 묵묵하게 발걸음을 옮기며 사냥에 나섰다.

"둘러싸!"

아까 전까지만 해도 적을 우습게 여기던 식인 부족은 생각을 고쳤다. 긴장으로 인해 땀이 흘렀다.

파바밧!

여덟의 식인 부족이 신속하게 움직였다. 일대일의 결투 같은 건 없다. 위기를 감지하고 사냥에 나섰다.

"죽여라!"

여덟이 넷으로 나뉘어서 공격을 가했다. 사방에서 각각 극독을 바른 침이 날아오고, 그 뒤로는 밀림도를 쥔 식인 부족이 살의로 넘실거리는 안광을 내뿜었다.

"핫!"

주서천이 기합을 터뜨렸다. 목소리만으로 공기를 터뜨릴 정도의 크기였다.

소리를 내질러 공기의 흐름을 바꾼다거나 바람을 일으키지는 않았다. 그건 음공(陰功)의 영역이다.

그 대신 자리에서 위로 뛰어올랐다. 방금 전까지 밟고 있던 자리에 독침이 날아와 서로 부딪쳤다.

'걸렸다!'

'멍청한 놈!'

식인 부족이 회심의 미소를 지었다.

독침은 속임수. 뛰도록 만들기 위한 함정이다.

사람은 날지 못한다. 공중에서의 행동은 제한되어 있다. 내려올 때를 노려서 밀림도를 휘둘렀다.

쐐액!

매섭게 찢어지는 공기. 소리가 길게 늘어진다. 밀림도가 잎사귀나 덩굴 대신 대기를 쪼개면서 덮쳤다.

목표는 공중, 주서천. 피할 수 없도록 사방을 노렸다. 미세한 틈도 주지 않으려고 최대한 접근했다.

무엇보다 도기가 실렸다. 설사 약간 빗나간다 할지라도, 도신을 두른 기의 칼날에 베이리라 믿었다.

그러나 그 믿음은 산산조각 났다.

'검추(劍錐)!'

만중검에는 초식이 별로 없다. 동공이기도 한 만중검은 어디까지나 무게를 늘리는 것이 전부다.

그러나 검초가 아예 없는 것은 아니다. 그중에는 오성의 성취를 이루면 사용할 수 있는 초식이 있다.

검추.

양손으로 검을 쥔다. 그리고 지면을 향한다. 근력은 물론이고 내공까지 전부 퍼부어, 무게를 증폭시켰다.

위에서 아래를 향하며 직선을 그려 내는 검. 무게의 증가에 따라 추락하는 속도가 급증한다. 워낙 빨라서 떨어지는 게 아니라, 사라지는 것처럼 보였다.

스윽.

"……!"

식인 부족이 놀라 숨을 들이쉬었다. 도병을 쥔 손에서 감각이 없었다. 애꿎은 빈 허공만 베었다.

이럴 수가!

네 개의 밀림도가 전부 빗나갔다. 옷깃조차 스치지 못했다. 전력을 낸 것이기에 그만큼 충격이 컸다.

그리고 그 놀라움의 감정을 추스를 틈도 없이 곧바로 이어진 폭음에 정신을 차릴 수가 없었다.

콰콰콰콰쾅!

수를 헤아릴 수 없는 무게가 깃든 검이 지면과 충돌했다. 마치 송곳처럼 바닥에 틀어박혔다.

박힌 것만이 아니다. 완전히 박살이 났다. 지반이 뒤집히고, 그 안의 자갈들이 위로 비산했다. 그중에선 뾰족하게 세워진 바위도 있었다. 그 바위는 튕겨져 나가 근처의 식인 부족의 흉부를 꿰뚫었다.

"커헉!"

시뻘건 핏물이 튀었다. 바로 옆에 서 있던 식인 부족이 이러지도 저러지도 못하고 당황하다가 지면에서 솟구쳐 나온 흉기들을 보지 못하고 몸에 허용했다.

투두두둑!

식인 부족의 오밀조밀한 근육 위로 파편이 무수히 박혔다. 피부 안의 장기에 구멍이 났다.

"아악!"

"커허억!"

식인 부족이 비명을 지르며 나가떨어졌다. 접근해 있던 넷이 전부 충격파와 파편에 맞아 목숨을 잃었다.

"넷!"

주서천이 숫자를 센다. 저승사자의 호명이었다.

타앗!

다리 근육이 부풀어 오른다. 용천혈에서 내력이 뿜어져 나왔다. 주서천이 안광을 남기며 사라졌다.

'안 돼!'

독침을 쏘았던 식인 부족이 위기를 느끼고 손을 허리춤의 밀림도로 옮겼다.

그러나 주서천이 보고 놔둘 리 없다. 고속으로 이동한 그의 육신이 화려한 검 줄기를 내뿜었다.

"캬아악!"

"끄악!"

목숨 줄을 겨우 붙잡고 있던 식인 부족. 그러나 그들은 도병에 손도 대지 못한 채 나가떨어졌다.

여덟의 식인 부족. 그들의 목숨을 끊는 데는 일각조차 걸리지 않았다. 순식간에 전장이 정리됐다.

"콜록콜록. 다 좋은데 너무 요란하단 말이지."

주서천이 뭉게뭉게 피어오른 먼지 속을 유유히 빠져나왔다.

"허어……."

점창칠공자, 단하성은 말을 잇지 못했다. 그저 입을 떡 벌린 채 얼빠진 소리를 냈다.

"매화정검!"

"그 무명(武名)은 거짓이 아니었군……."

점창파의 제자들도 놀란 건 매한가지였다. 하나같이 말을 잇지 못하고 주서천의 신위에 경악했다.

얼마 전까지만 해도 그들을 괴롭혔던 식인 부족이다. 결코 이렇게 쉽게 당할 적들이 아니다.

그런데 그걸 비웃기라도 하듯, 눈 깜짝할 사이에 신속한 움직임으로 간단히 처리했다.

'또 이렇게 도움을 받을 줄이야.'

단하성은 독혈곡 때의 일을 떠올렸다.

희망을 잃고 절망에 빠졌을 때. 그가 영웅처럼 나타나 목숨을 구해 줬다. 그 은혜를 결코 잊지 못한다.

"괜찮으십니까?"

주서천이 우리 앞에 다가가 검을 휘둘렀다. 쇠창살이 깨끗하게 잘려 바닥에 떨어지며 소리를 냈다.

"이렇게 또 목숨을 빚질 줄이야. 정말로 고맙네."

단하성이 밖으로 나와 진심 어린 인사를 했다.

"오랜만입니다. 반갑게 인사라도 하고 싶지만, 아쉽게도 그럴 시간이 없군요. 좀 도와주시겠습니까?"

"내 그러고 싶은 마음은 굴뚝같지만, 산공독에 당해 내 공이 제한되어 있네. 폐를 끼쳐 미안하군."

"괜찮습니다. 독의 전문가도 함께 왔습니다."

주서천이 걱정 말라는 듯 뒤돌아서 당가를 불렀다.

"여기! 해독 좀 해 주십시오!"

"지금 놀리는 거지?"

당혜가 이를 뿌드득 갈았다. 피로 흠뻑 젖은 채 식인 부족의 포위망을 이제 막 겨우겨우 돌파했다.

주서천이 날뛰면서 이목을 대부분 끌긴 했지만, 그래도 전부는 아니었다. 당가도 싸우면서 왔다.

"당가!"

"다행이군!"

"살았어!"

당가를 확인한 점창파의 안색이 환해졌다.

한편, 사원의 꼭대기.

대리석으로 된 제단 앞에 선 사제는 아래에서 일어나는 광경을 하나부터 열까지 보고 부들부들 떨었다.

공포가 아니다. 한계를 넘어선 분노로 인해 몸이 저절로 떨렸다. 혈압이 올라가며 눈이 벌게졌다.

뿌드득

사람의 뼈로 만들어진 지팡이에 금이 갔다. 목에 걸린 뼈 목걸이도 파르르 떨면서 소리를 냈다.

"감히……."

사제의 분노는 용암처럼 부글부글 들끓었다. 노기에 반응하듯 시커먼 아지랑이 같은 것이 스멀스멀 피어오르면서 바닥을 기었다.

'큰일이다.'

'사제께서 분노하셨다.'

호위전사가 침을 꿀꺽 삼켰다. 그들은 겁먹은 어린아이처럼 오들오들 떨었다.

"쓸모없는 것들!"

사제의 입에서 고함이 터져 나왔다. 그 위엄 어린 목소리가 남만의 대수림에 쩌렁쩌렁하게 울렸다.

그의 분노에 전사들이 곧장 반응했다. 몸을 움찔 떨고, 두려운 표정으로 한쪽 무릎을 꿇었다.

"감히 신성한 의식을 방해하게 내버려 둔 것도 모자라서 먹이까지 놓쳐? 이 버러지들아!"

머리에 열이 뻗어 진정할 수가 없었다. 악을 쓰듯이 욕설을 내뱉으며 전사들의 무능을 지적했다.

그러나 식인 부족의 어떠한 전사들도 감히 고개를 들지 못했다. 자존심이 상하기는커녕 두려워했다.

"됐다! 내 직접 지휘하겠다!"

사제의 눈에서 녹색의 광채가 흘러나왔다.

"중원의 무림인들이여! 남만에 발을 들인다는 것이 어떠한 의미인지 똑똑히 알려 주도록 하마!"

사제가 오른손에 쥔 뼈로 된 지팡이를 들어 올렸다.

무려 육 척이나 되는 길이였는데, 소재가 전부 사람의 뼈였다. 신기한 것은 그 색이 전부 검었다.

굳이 가까이 가지 않고 멀리서 봐도 기분이 나빠졌다. 생리적인 혐오감이 솟아서 무척 꺼림칙했다.

파앗!

지팡이의 끝, 두개골에서 불길한 빛이 뿜어져 나왔다. 그것은 점점 퍼지더니 사원 전체를 뒤덮었다.

"크, 아, 앗!"

"캬하아앗!"

"우오옷!"

남만의 전사, 식인 부족이 빛에 반응을 했다. 정확히 말해선 피부 위의 문양이었다.

시커먼 빛이 닿자마자 문자인지 그림인지도 모를 문신이 지렁이처럼 꿈틀거렸는데 무척 기이했다.

"크아아아아!"

"크아앗!"

아까 전의 묘한 괴성은 없었다. 그 대신 이성을 상실한 것처럼, 잔뜩 흥분한 울음소리를 토해 냈다.

우르르르!

천지가 뒤흔들렸다. 지진이 일어난 게 아니다. 정확히는 땅이 아닌 대기가 흔들리는 게 맞았다.

사원을 감싸 안 듯 퍼지던 불길한 빛은 백오십가량의 식인 부족에게 스며들어서야 확산을 멈췄다.

사원의 아래, 이상 현상을 목격한 중원인들이 동요했다.

"허어! 기괴하구나!"

사람의 힘으로 어찌 이런 짓을 할 수 있겠는가.

당염은 입을 다물지 못하고 그저 놀라기만 했다.

'과연, 남만의 주술.'

주서천도 조금 놀라기는 했다. 그러나 전란의 시대 암천회가 주술까지 동원한 적이 있어 익숙했다.

물론 이 정도 규모는 처음 겪는 일이었다. 사제의 주술은 상상 이상으로 대단했다.

"조심하십시오! 감정이 마비되어 공포를 느끼지 않을 겁니다!"

남만의 책을 읽다 보면 식인 부족처럼 주요 부족들에 대해서는 제법 상세하게 서술되어 있다.

그중에는 단연 주술에 대해서도 있었다.

"아마 고통도 모를 것이니, 동귀어진의 기세로 덤벼들 거요. 그러니 주의하고, 또 주의하시오!"

"당신, 실은 남만인 아니야?"

당혜가 산공독의 해독을 막 끝내고 어이없어했다.

"그러니까 평소에 다양한 책을 읽도록 하자."

주서천이 당혜의 말을 받아치며 백오십의 식인 부족과 마주 봤다. 그에 비해 이쪽의 전력은 열세였다.

"고맙소, 독봉."

단하성의 눈이 예리해졌다. 그 뒤로 해독을 끝낸 점창파의 무인들이 범상치 않은 기세를 끌어 올렸다.

'점창의 전력이 보통이 아니라고는 들었지만…….'

당염이 단하성을 비롯한 점창파의 무인들을 보고 감탄을

흘렸다.

여태껏 산공독으로 제한이 걸렸다면 감각이 둔화되었을 것이 분명하다. 한데 전혀 그리 보이지 않았다.

"적, 백오십."

단하성이 당가의 무사에게 철검을 건네받았다.

"아군, 육십."

주서천이 검을 고쳐 잡곤 살짝 웃었다.

"적구려."

잠깐의 침묵. 그리고 주서천과 단하성이 약속이라도 한 듯 동시에 입을 열었다.

"적이."

당가, 이십칠.

점창파, 삼십이.

오십하고도 구, 그리고 주서천까지 합해 육십.

백오십의 식인 부족 전사들과 대치한 수색대였으나 그 사기가 낮기는커녕 높기만 했다.

"야만족 놈들!"

"뭔 사술인지는 모르겠지만, 소용없다!"

점창파는 감금된 것의 울분을 풀기라도 하듯, 각자 당가 에게 건네받은 검을 들고 적의를 내보였다.

몇몇은 이곳에 오기 전 임시 진지에서 습격을 받아 사형제를 잃기라도 한 것인지 복수로 활활 타올랐다.

"수색대를 셋으로 나눕니다! 이십!"

주서천이 앞장서서 지휘에 나섰다. 당가와 점창파가 군말 없이 명령에 따랐다.

세 개의 조로 나눠 각각 주서천, 당혜, 단하성이 조장을 맡았다.

"목표, 정상!"

주서천이 사원을 가득 메운 불길한 기운에 대응하듯, 기세를 맹렬하게 불태웠다.

"가자!"

두두두두!

육십의 무인들이 동시에 몸을 날렸다. 그 많은 숫자가 움직이는데도 보법 탓에 발걸음 소리는 적었다.

"크아앗!"

식인 부족 측에서 괴성이 터졌다. 살육과 광기에 뒤섞인 목소리였다. 그들의 이성은 더 이상 남지 않았다.

백오십에 이르는 전사들이 괴성을 내지르면서 사원의 위와 옆에서 덤벼 오는 것은 장관이었다.

"어딜!"

당혜가 왼팔을 쭉 뻗으면서 비단검을 날렸다. 손목에 걸린 얇은 줄이 직선을 그리면서 식인 부족의 목을 노렸다. 단검이 푹 하고 정확히 목에 명중했다.

"캬르륵!"

그러나 식인 부족은 멈출 생각을 하지 않았다.

목의 정맥을 끊었는데 어떻게 된 영문인지 멧돼지처럼 돌격해 왔다.

당혜는 미간을 찌푸리곤, 손목을 틀어 줄을 빙글 돌려 식인 부족의 목을 감아 힘을 줬다.

숭덩.

보통의 줄이었다면 끊어졌겠지만, 어지간한 인간의 힘으로는 끊거나 잘라 낼 수 없다는 천잠사(天蠶絲)다. 끊어지기는커녕 전해져 오는 힘을 튕겨 낼 정도로의 튼튼함을 지녔다. 식인 부족의 목이 깔끔하게 잘렸다.

이제 겨우 하나를 죽였다. 아직 적은 수두룩했다.

당혜가 비단검을 회수한 사이에 식인 부족이 달려들었다.

"아가씨!"

호위 무사인 원대식이 얼른 접근하려 했다. 그러나 당혜는 그에게 오지 말라는 손짓을 한 뒤, 눈썹 하나 까닥하지 않고 머리를 쪼갤 기세로 날아오는 밀림도를 최소한의 움직임만으로 간단히 피해 냈다.

"크륵!"

전사에게 이성은 남아 있지 않지만, 전투에 의한 판단력은 평소의 단련 덕에 잔존해 있었다.

비록 본능밖에 남지 않았어도 적이 자신의 공격을 피한 뒤 어떻게 공격을 이을지 알고 있었다. 전사가 몸을 획 돌려 밀림도를 크게 휘둘렀다.

부웅.

확실히 주술의 영향인지 힘의 세기나 속도가 올라갔다. 그러나 당혜는 당황하지 않고 일장을 날렸다.

퍼억!

식인 부족 전사가 복부에 손바닥을 맞고 멈췄다.

고통을 느끼지 못한다고 무적은 아니다. 당가의 자랑인 적련독장이 침투해 근육과 신경을 마비시켰다.

그 독이 이윽고 혈맥을 타고 뇌와 심장까지 번지면서 목숨을 끊어 버렸다.

"난 됐으니까."

당혜가 턱짓으로 정면을 가리켰다.

"알겠습니다!"

그래도 호위 무사로서 신경 쓰이는지, 그다지 멀리 가지 않고 당혜의 근방에서 식인 부족을 상대했다.

"점창의 힘을 보여 줘라!"

단하성이 흐릿해졌다가 나타났다. 순간적인 움직임만큼은 제일이라는 탄현신법(彈絃身法)이었다.

식인 부족의 밀림도가 애꿎은 허공만 벤다.

그리고 점창칠공자의 손에서 사일검법(射日劍法)이 펼쳐졌다.

'일수초현(日輪初現).'

식인 부족의 시야에서 처음 나타난 것은 사람의 육신이 아니라, 검날이었다.

푸욱!

도저히 육안으로 확인할 수 없는 빠르기. 이름답게 쏘아진 검은 무시무시한 찌르기를 보였다.

무엇보다 섬뜩한 것은 사혈을 노리는 정확함이었다. 식인 부족의 전사가 혈을 찔려 즉사했다.

"캬아앗!"

"죽어!"

그 사이에 셋이나 되는 식인 부족이 덤벼들었다.

단하성은 또다시 탄현신법을 펼쳐 잔상을 남기고 사라진 뒤, 사일검의 초식을 이어 찌르기를 쏘았다.

파바바밧!

눈부신 빛줄기가 쏘아졌다.

광기 어린 기세로 돌진하던 전사들이 연이은 찌르기를

맞고 앞으로 고꾸라졌다.

"죽어랏!"

"점창의 힘을 보여 주마!"

활약하는 건 단하성만이 아니었다. 점창의 다른 제자들 역시 무공이 뛰어났다.

장문인 적전제자에게만 허락된 절기인 사일검만큼은 아니었지만 그래도 혀를 내두르는 쾌검이었다.

"당가! 고개 숙이시오!"

"흐억!"

그리고 세 개의 조로 나뉘면서 당가와 점창이 뒤섞이자 즉흥적이지만 서로 합을 맞춰 도왔다.

'점창이 괜히 실전 무학으로 이름이 높은 게 아니구나.'

'즉흥적이지만 이렇게 맞춰 줄 수 있다니!'

'대단하군.'

당가의 무사들은 점창의 제자들의 움직임에 순수하게 감탄했다.

'과연, 점창파.'

주서천 역시 감탄을 금치 못했다. 전란의 시대를 떠올리면서 전장을 누빈 점창파를 떠올렸다.

점창의 명성은 무위에서만 나오는 게 아니다. 바로 전장 그 자체에 있다.

'그리고 안 본 사이 그도 강해졌구나.'

주서천이 식인 부족을 넷이나 거뜬하게 처리하면서 단하성을 힐끗 쳐다봤다.

'화경을 코앞에 둔 초절정인가. 독혈곡에서 구해 준 보람이 있었네. 이렇게 도움도 되고 다행이야.'

어째서인지 볼 때마다 위기에 빠져 있기는 했지만, 나쁘지는 않았다. 최종적으로 이렇게 도움이 됐다.

'좋아. 이 정도면 믿고 맡겨도 되겠다.'

굳이 다른 조를 크게 신경 쓸 필요는 없어졌다. 당혜와 단하성은 생각 이상으로 잘 해내고 있었다.

"속도를 올릴 테니, 바짝 따라오시오!"

주서천이 지면을 미끄러지듯이 돌파했다.

피융!

마치 사일검의 묘리처럼 그의 육신은 화살이 되어 쏘아졌다. 주서천이 지나간 자리는 쑥대밭이 됐다.

눈을 까뒤집고 달려든 식인 부족은 접근하기도 전에 화산의 검에 숭덩 잘려 간단하게 쓰러졌다.

한편, 주서천의 조에 편성된 수색대원들은 죽을 맛이었다.

'여기서 더 빨라지겠다고?'

'괜히 매화정검이 아니군!'

'모든 걸 정리할 생각인가!'

식인 부족의 전사는 결코 약하지 않다. 중원 기준으로도 하수는 없었다. 대부분이 이류나 일류였다.

간간이 고수에 속하는 절정의 경지에 이른 자도 있어 상대하기가 쉽지 않았다. 주술로 강화되어 더더욱 그랬다.

그런데 눈앞의 괴물, 화산파의 영웅은 전혀 개의치 않는다는 듯 앞을 가로막는 걸 가볍게 처리해 나갔다.

그뿐이랴, 검강이나 검기도 줄기차게 사용했다. 도대체 지닌 내공이 얼마인지 궁금할 정도였다.

어쨌거나, 주서천 조의 수색대원들은 이 무시무시한 속도를 겨우 따라잡느라 입이 바싹 말랐다.

잠깐 쉬려고 해도 그럴 시간을 주지 않았다. 조금만 느려져도 주서천이 저 멀리 가 버려서, 정신을 차리지 않으면 뒤처져 버릴 것 같아 힘을 쥐어짜 냈다.

그러다 보니 세 개로 나누어진 조끼리 차이가 생겼다. 당혜와 단하성의 조는 아직 사원의 위로 향하는 계단 앞에서 천천히 전진하고 있는 반면, 주서천의 조는 벌써 계단의 중턱까지 올라 쾌속 진격했다.

"거기서 꼼짝 말고 있어! 내 지금 중원인을 끌고 와서 네 놈 머리통을 날려 버릴 테니까!"

경사진 사원이었으나 방해는 되지 않았다. 어떻게 된 영문인지 평평한 땅 위에서 움직이는 것처럼 자유로웠다.

"쿠오오오!"

위로 올라갈수록 전사들의 수준도 높아져만 갔다.

이류는 물론이고 일류도 없었다. 대부분이 절정, 혹은 초절정이었다. 숫자는 적지만 그만큼 강했다.

그중에서도 압권은 무려 칠 척이나 되는 전사였다. 강함을 증명하듯 몸에 새겨진 문신도 많았다.

온몸에 그려 둔 그림과 글자가 불길한 빛에 반응하듯 꿈틀거렸는데, 그 광경이 심히 기이했다.

콰앙!

칠 척의 전사가 진각을 밟으며 몸을 날린다. 경사진 곳에서 몸을 날렸으니 누가 본다면 자살한다고 착각할 만한 장면이나 전혀 그렇지 않다.

부우우웅.

주서천의 머리 위로 그림자가 드리운다. 시선을 위로 올리니 정확히 이곳으로 떨어지는 전사가 보였다.

그리고 덩치만큼 남들보다 배는 커다란 밀림도를 오른손에 꽉 쥔 채, 있는 힘껏 아래로 내리찍었다.

휘잉.

쿠아아아앙!

도라기보다는 철퇴에 가까운 파괴력이었다. 칠 척의 전

사가 떨어진 순간 그 근방에 폭풍이 불었다.

수십 년 이상을 공들여 만든 장엄한 분위기의 계단이 처참하게 박살 났고, 사원 중턱은 엉망진창이 됐다.

"으아악!"

"자, 잡아!"

수색대원들이 비명을 질렀다. 그들은 당장 날아가지 않기 위해서 바닥을 붙잡고 버텼다.

그러나 오로지 돌진만 하던 식인 부족은 무사하지 못했다. 몇몇은 돌풍에 휘말려 사원 아래로 떨어졌다.

"하하하하!"

꼭대기에서 아래를 내려다보던 사제가 웃었다.

"아무리 중원인이라 한들, 부족 최고의 전사 앞에선 조족지혈이로구나!"

일반 전사와는 비교조차 되지 않는 강함. 주술도 여럿 부여할 수 있어 증폭 효과도 배는 많다.

사제는 입술을 혀로 적시며 사악하게 웃었다. 기분 나쁜 빛으로 번들거리는 눈에서는 식욕이 비쳤다.

'저 정도 되는 고수라면 심장과 뇌에서 추출할 수 있는 기력도 적지 않으리라. 벌써부터 흥분되는군.'

중원 무림의 고수는 육질의 맛은 최악이지만, 그 힘만큼은 최고다. 그렇지 않아도 최근 주술에 발전이 없던 사제는 강해질 수 있다는 고양감에 심취했다.

"부족 최고의 전사여. 그놈을 데려와라. 설마하니 머리와 심장을 엉망으로 만든 건 아니겠지?"

다른 곳은 몰라도 뇌와 심장의 훼손이 심하면 제대로 힘을 흡수할 수 없다. 그래서 조심하라고 명령해 두었다.

물론 저 정도의 공격이라면 몸이 박살 났을지도 모르지만, 상대도 고수였으니 어느 정도 버텼으리라.

"……?"

사제가 웃음기를 지워 내며 머리를 옆으로 기울였다. 어떻게 된 것인지 전사가 꼼짝도 하지 않았다.

확인을 하려고 해도 전사의 덩치가 워낙 커서 그 앞의 상황이 보이지 않아 확인할 수가 없었다.

"아니, 걱정하지 마라."

"……서, 설마!"

사제의 얼굴이 걸레짝처럼 일그러졌다.

"내 심장과 뇌는 멀쩡하다."

푸욱!

근육과 살로 이루어진 등에 구멍이 나면서 검극이 빠져나왔다. 검신에는 희미한 자색의 강기가 실려 있었다.

피부 위에서 징그럽게 꿈틀거리던 문신도 힘을 잃고 멈췄다. 불길한 아지랑이 대신 피가 흘러나왔다.

"웃차."

주서천이 검을 뽑고, 앞으로 고꾸라지려는 칠 척의 전사를 밀쳤다.

쿵! 쿠쿠쿵! 쾅!

육중한 몸이 경사를 타고 계단 아래로 데굴데굴 떨어진다. 부딪칠 때마다 소음을 냈다.

그리고 사원의 아래층 지면에 닿았을 때는 형체를 알아볼 수 없을 정도로 처참해졌다.

"어, 어떻게!"

사제가 대경하며 입을 떡 벌렸다.

"부족 최고라 부를 만큼 강하긴 하더라."

주서천이 비아냥거리지 않고 진심으로 말했다.

공격을 당한 순간, 무게를 높여 하체를 단단히 고정하고 호신강기까지 만들어 내 공격에 대비했다.

그러지 않았더라면 아무리 자신이라 할지라도 충격을 이겨 내지 못하고 튕겨 나갔으리라.

"이, 이, 이……!"

주서천은 사시나무처럼 떨어 대는 사제를 살펴봤다.

주변의 전사들에 비해 사제는 크지 않았다. 겨우 오 척 정도의 키였다. 지팡이만 무식하게 컸다.

눈두덩이는 움푹 파였고, 몸은 깡말랐다. 아무렇게나 자란 수염은 지저분했다. 머리카락도 없었다.

그러나 눈빛만큼은 달랐다. 지옥의 불구덩이를 담은 것처럼 불타올랐는데, 신기하게도 녹색이었다.

"이노오오오오오오옴!"

기어코 사제의 분노가 폭발했다.

크아아앙!

도저히 사람의 것으로 느껴지지 않는 외침이었다.

그리고 사제의 육체도 전사들처럼 변화했다.

여리기 그지없는 근육이 부풀어 오르더니, 울퉁불퉁해졌다. 힘줄과 퍼런 핏줄까지 돋았다.

상체의 근육이 크게 부풀어 오르면서 역삼각형을 만들었다. 그리고 문신에서는 안광과 같은 빛이 났다.

화르륵!

수염에 불이 붙었다. 아니, 수염이 불길로 변하여 활활 타오르기 시작했다.

第六章

유령합격(幽靈合擊)

　안광에서 남만의 대수림을 연상시키는 녹색이 흘러나왔다. 아니, 불타오른다는 말이 맞았다.

　비유적인 의미가 아니었다. 정말로 불길이 타오르듯이 뿜어져 나와 도저히 사람의 것으론 보이지 않았다.

　수염도 마찬가지였다. 녹으로 물든 불길이 악마의 혀처럼 넘실거리면서 공기를 태웠다.

　사제가 굽었던 등을 쫙 폈다. 고작 오 척밖에 되지 않았지만, 근육이 부풀어 오르면서 좀 더 커졌다.

　'사람이 아니잖아?'

　천하의 주서천도 혀를 내둘렀다.

"후웁!"

그사이, 사제가 숨을 크게 들이마셨다. 안 그래도 부푼 가슴 근육이 기형적일 정도로 커졌다.

'……!'

주서천이 몸을 흠칫 떨었다.

'열기?'

숨을 멈출 정도로의 열기가 와 닿았다. 그러나 한서불침인 자신이 뜨거움을 느끼다니?

"피햇!"

직감적으로 무언가가 이상하다는 걸 느낀 주서천은 몸을 옆으로 던지며 수색대원들을 향해 경고했다.

"크아아아아아아!"

그리고 직후, 사제가 숨을 내쉬었다. 아니, 정확히 말하면 내뿜었다는 것이 맞았다.

화르르르륵!

숨이 아니었다. 목구멍 너머에서 뿜어져 나온 건 주변의 대기를 전부 불살라 버리는 녹색의 불이었다.

어린아이 머리만 한 불덩이 같은 게 아니다. 부채꼴처럼 쫙 펼쳐지면서 사원의 측면을 뒤덮었다.

"끄아악!"

"아악!"

주술로 인해 고통을 느끼지 못하는 식인 부족의 전사들이었으나, 문신째로 녹아내리며 비명을 질렀다.

그 비명이 무척이나 처절해서 아래에서 격렬한 전투를 잇고 있던 무림인이나 전사가 움찔 떨었다.

"뭐……."

주서천도 개구리처럼 엎드린 채 말을 잇지 못했다.

'맞으면 나라도 끝난다.'

식인 부족의 지도자이니 보통이 아닐 줄은 알았지만, 이 정도로 무시무시할 줄은 몰랐다.

한서불침이 괜히 한서불침이 아니다. 신체가 완전히 변형되면서 차가움과 뜨거움에 내성이 생겼다.

그뿐이랴. 환골탈태까지 더했으니 불을 몸에 뒤집어쓰지 않는 이상 열기에는 끄떡도 하지 않는다.

하지만 지금은 아니었다. 아슬아슬하게 피해 내긴 했지만, 저 불의 열기만으로 몸이 달아올랐다. 피부 위로 닭살이 돋고, 땀도 분비되면서 흘러내렸다.

"으으으! 쥐새끼 같은 놈!"

사제가 소음을 섞어 놓은 것처럼 기괴한 목소리로 짜증을 냈다. 분노에 따라 불로 된 수염이 타올랐다.

"죽엇!"

부웅.

사제가 괴이할 정도로 부푼 오른팔을 휘둘렀다. 불꽃은 없었지만, 그래도 위력이 보통이 아니었다.

고작 팔을 휘두른 것인데 돌풍이 크게 불었다. 살아남은 수색대원들이 날아가지 않으려고 웅크렸다.

"미친!"

주서천이 실로 오랜만에 진심을 담아 욕설을 내뱉었다. 허벅지에 힘을 주고 바닥을 튕겨 위로 올랐다.

휘리리릭!

공중에 떠오른 그의 몸이 팽이처럼 팽그르르 돌았다. 손에 쥐고 있던 검이 사제의 팔을 그었다.

푸슈숫!

팔 위로 무수한 혈선이 그어졌다. 피가 잔뜩 튀면서 허공에 흩뿌려졌다.

"크아악! 이 잡놈이!"

사제가 고통에 찬 비명을 내지르며 마구 날뛰었다. 그럴 때마다 지진이라도 일어난 듯 지면이 흔들렸다.

밟은 곳마다 움푹 파이면서 그 파편이 주변에 비산하는 것이 장관이었다.

제자리에 착지한 주서천은 사제의 마구잡이 공격을 침착하게 피했다. 그 얼굴은 딱딱하게 굳어 있었다.

'검강을 썼는데도 자르지 못했다.'

방금 전에 공중에서 돌 때 검기가 아니라 검강을 만들어 냈다. 원래라면 팔이 뎅겅 잘렸어야 했다.

그게 어떤 의미인지 잘 알고 있었다. 이 이름 모를 주술이 호신강기를 두른 효과를 내고 있다.

"어디 이것도 피할 수 있나 보자."

화르륵!

화염으로 타오르는 수염이 넘실거리더니만, 등 뒤 너머여섯 개나 되는 화염의 구를 만들어 냈다.

"허어!"

사제의 주술은 보면 볼수록 경악스러웠다.

화염의 구를 보면 삼매진화 같은 것이 아니다. 그 이상이다. 두둥실 떠오르고 있는 걸 보면 확실하다.

"죽어랏!"

사제의 목소리에 맞추듯, 화염의 구가 움직였다. 여섯 개로 된 불덩이는 빙글빙글 돌면서 날아왔다.

'저것도 위험하다!'

아까 전의 입에서 토해 낸 불 정도는 아니지만, 그래도 약간의 열기가 느껴진다. 척 봐도 위험했다.

주서천은 아까 전처럼 옆으로 몸을 날려 경사면을 굴렀다. 아래로 떨어지기는 했지만 도중에 멈췄다.

"어?"

그러나 안심하기도 잠시. 정면을 향해 날아간 불덩어리
가 방향을 틀어 쫓아오는 것이 보였다.

"피할 수 없을 것이라고 말했을 텐데!"

사제의 입가에 진한 미소가 번졌다.

불덩어리는 공중에 두둥실 떠다니는 것만이 아니었다.
의지로 이어진 끈이 마음대로 조종하고 있었다.

그 말을 들은 주서천이 가볍게 혀를 찼다. 호신강기를 정
면으로 펼쳐서 불덩어리를 막아 내려 했다.

그러나 그 순간. 감각 속에서 무언가가 잡혔다. 머리를
드니 어디선가 날아온 사람이 보였다. 아니, 정확히 말해선
목에 구멍이 뚫린 식인 부족의 시신이었다.

퍼어엉!

화살처럼 쏘아지던 불덩어리는 날아온 시신과 부딪쳤다.
그리고 그대로 굉음을 터뜨리며 폭발했다.

뭉쳐 있던 화염의 구가 폭발로 인해 안개처럼 흩어지면
서 뭉게뭉게 피어올랐다.

"어떤 연놈이냐!"

사제가 웃음을 지우더니 분노의 일갈을 터뜨렸다.

그리고 그사이에 어디선가 시신이 하나 더 날아와, 다섯
개 남은 화염의 구 중 하나와 부딪쳤다.

쿠아아앙!

귀청이 떨어져 나갈 정도로의 폭음. 공중에서 화려한 폭발이 일어나면서 화염의 구가 하나 더 줄었다.

"끄응!"

사제가 지팡이의 끝으로 지면을 두드렸다. 네 개밖에 남지 않은 화염의 구가 선회했다.

녹색으로 이글거리는 안광이 시신이 날아온 곳으로 향했다. 그러나 아무것도 없었다.

아니, 아무것도 없어 보이는 것처럼 보였다.

"내 눈을 속이진 못한다!"

"소령!"

주서천이 반갑다는 듯이 웃었다.

당가와 점창파 사이에 숨어 식인 부족을 상대하고 있던 소령이 유령곡주의 위기를 느끼고 달려왔다.

"이 버러지들이이이이이이!"

사제가 분노의 외침과 동시에 지팡이를 힘껏 내리찍었다.

쿠우우웅!

지팡이 끝을 중심으로 지면이 움푹 내려앉았다. 지반이 뒤집히면서 위로 튀었다.

물리적인 충격만이 아니다. 스멀스멀 피어오르던 불길한 기운이 파도가 되어 주서천과 소령을 훑었다.

"흡!"

주서천이 태아를 들어 바닥에 꽂고 버렸다. 소령은 충격
파에 날아갔다가, 공중제비를 돌아 착지했다.

사제는 이때다 싶어 지팡이를 들었다. 두개골에서 녹색
의 안광이 뿜어지더니, 불덩어리가 움직였다.

시뻘건 불길로 된 궤적을 남기는 화염의 구. 네 개의 구
가 각각 둘로 나뉘어 주서천과 소령을 노렸다.

타앗!

제일 먼저 반응한 건 소령이었다. 소령은 유령곡주의 몸
부터 구하기 위해서 그의 앞으로 몸을 던졌다.

뒤나 옆에서 불덩어리가 날아오건 말건 상관하지 않았
다. 자신보다는 유령곡주가 우선이었다.

"소령!"

주서천도 소령을 향해서 달렸다. 괜한 위험으로 그녀를
잃고 싶지는 않았다.

그리고, 화염의 구가 한곳을 향해 사방에서 떨어졌다.

쾅! 콰아앙! 콰앙!

불꽃끼리 격돌하면서 몸을 불사른다. 폭발을 일으키면서
주변의 공기를 없애 버리고, 화염을 토해 냈다.

용암과 견줄 만큼의 열기가 주변의 계단이나 경사를 녹
여 버리면서 모든 것을 집어삼켰다.

"주 대협!"

격렬한 전투 와중에도 주서천에게서 눈을 떼지 않던 단하성이 그걸 보고 비명을 질렀다.

수색대의 표정도 그다지 좋지 못했다. 그들도 방금 전까지 저 불덩어리가 어떤 위력을 지녔는지 봐 왔다.

"안 돼!"

"주서천 대협이 당하시다니!"

여기저기서 안타까워하는 목소리가 들렸다.

독봉, 당혜도 제자리에 서서 위를 올려다본다. 아직도 거세게 타오르는 불길을 눈에 담았다.

그녀의 눈빛에는 어떠한 감정도 묻어 있지 않았다. 얼음처럼 차가운 감정만이 감돌았다.

수면 아래와도 같은 고요함.

"아니."

당혜가 부정했다.

"저렇게 쉽게 당할 인간이 아니지."

현실을 외면하는 목소리가 아니었다. 진리라도 본 표정이었다. 광기나 외면이 아닌 '확신'이었다.

원대식은 모시는 주인의 말을 듣고 설마 하는 표정으로 불꽃을 쳐다보았다.

"흥!"

사제가 콧방귀를 꼈다.

"뇌나 심장은 물론이고 뼈조차 남아 있지 않겠구나. 날 화나게 한 대가이니……."

파아앗!

사제의 말은 이어지지 못했다. 정면의 불꽃이 둘로 갈라지면서 비수가 튀어나와 뺨을 스치고 지나갔다.

"설마!"

아니다. 그럴 리가 없다. 저 폭발에 정통으로 휘말렸으니 살아 있는 건 불가능한 일이라고 믿었다.

그러나 그 믿음은 보기 좋게 무너졌다. 주서천이 죽었다고 생각한 다른 이들의 예상조차 빗나갔다.

구름처럼 피어오른 불꽃을 가르면서 튀어나온 건 화상 하나 입지 않은 주서천과 소령이었다.

'어떻게!'

너무 어이가 없어 차마 말도 내뱉지 못했다.

"간다."

주서천이 조용하게 속삭인다.

폭발에 휘말리기 전, 소령을 감싸 안아 호신강기를 최대한으로 펼쳤다. 그 탓에 내공의 소모가 심했다.

휘이이잉!

갈라 버린 건 불꽃만이 아니다. 대기를 나누면서 그의 육신이 정면의 사제를 향해 쏘아졌다.

층층이 겹쳐진 대기의 벽이 사라졌고, 지나쳐 온 주서천이 강기를 실은 태아로 힘껏 수직선을 그었다.

"어림없다아!"

사제가 대응하듯 지팡이를 수평으로 들었다. 한 손이 아닌 양손으로 쥐어 수비에 집중했다.

까아아앙!

검과 지팡이가 부딪치면서 금속음을 토해 냈다. 어디 한쪽도 물러나지 않으려고 했다.

사제가 근육을 부풀리며 힘을 준다. 주술에 반응하듯 문신이 피부 위로 튀어나올 정도로 꿈틀거렸다.

"이거 알고 있나?"

주서천가 입꼬리를 비틀어 올려 웃었다.

"나의 검은 하나가 아니라 둘이다."

"뭔 개소……."

"소령!"

아홉 살, 혹은 열 살 정도의 여아. 소령이 지면을 미끄러지며 사제의 가랑이 사이를 지나쳤다.

그냥 지나간 것만이 아니다. 한 손이 아닌 양손에 쥔 비수를 번개같이 휘둘렀다.

"크아악!"

통나무처럼 굵어진 다리가 무너져 내린다. 근육이 찢어지면서 힘을 잃었다. 문신의 빛이 옅어졌다.

하체가 힘을 잃자 균형도 불안해졌다. 지팡이가 검강을 제대로 막지 못하고 밀려나려 했다.

'웃기지 마!'

여기에서 죽을 수 없다.

자신이 누구인가!

식인 부족의 사제, 남만의 지도자다. 지금까지 일궈 둔 것이 얼마인데 여기에서 당할 수는 없었다.

정체불명의 언어를 중얼거리면서, 주술을 좀 더 증폭하려 했으나, 그러지 못했다.

소령이 사제의 등을 밟고 어깨 위로 올라오더니만, 녹색으로 불타오르는 눈 위에 비수를 처박았다.

푹! 푸욱!

"끄아악!"

입에서 비명이 끊이지가 않는다. 동시에 끝까지 쥐고 있던 지팡이가 드디어 손에서 떨어졌다.

소령이 그사이에 사제의 머리를 붙잡았다. 그리고 있는 힘을 다해 목을 꺾었다.

우드득!

소름 끼치는 소리가 났다. 사제가 눈을 부릅떴다.

"우, 웃, 기, 지 마……."

주술의 힘 탓인지, 아니면 죽기 전의 의지인지는 모르겠
으나 목뼈가 부러졌는데도 살아 있었다.

"캬으으끄르륵!"

괴성인지 고함인지 비명인지도 몰랐다. 알아들을 수도
없는 소리가 들끓었다.

눈알을 잃었는데도, 그 시선은 정확히 주서천을 노려보
았다. 핏물 속에서 증오가 느껴졌다.

주서천이 십 보 밖으로 물러났다. 목뼈를 부러뜨린 소령
도 마찬가지로 십 보 밖에 착지했다.

쐐액!

주서천과 소령이 거의 동시에 비수를 던졌다. 유령곡주
와 유령이 동시에 펼친 유은비도였다.

비수가 사제의 오른쪽 목살을 뜯고 지나쳤다. 후위의 비
수도 사제의 왼쪽 목살을 뜯었다.

서로 교차하듯이 반대편으로 날아가는 비수. 그리고 그
비수를 주서천과 소령이 낚아채 회수한다.

사제는 앞이 보이지 않았지만, 목에서 느껴지는 화끈한
통증과 낚아채는 소리를 듣고 불길함을 느꼈다.

"설……."

파바바밧!

앞의 비수는 뒤로, 뒤의 비수는 앞으로.

고작 둘밖에 되지 않은 비수였으나 어떻게 된 영문인지 일순간에 수십 개씩 쏟아지는 느낌이었다.

주서천이 던지면 소령이 잡았다.

소령이 던지면 주서천이 잡았다.

그런 방식으로 문신이 그려진 살을 베어 내고, 꿰뚫고, 뜯어내면서, 마지막에는 심장의 앞뒤에 꽂혔다.

쿵.

사원의 꼭대기, 수십 년 동안 식인 부족을 지배했던 지도자가 드디어 생명이 끊긴 채로 제단 위에 엎어졌다.

그리고 주서천과 소령이 그 앞에 오연히 선 채 사원을 내려다보았다.

"우……."

수색대에서 놀란 목소리가 흘러나왔다.

그리고 곧 함성으로 이어졌다.

"우와아아아아아아!"

육십에 이르는 무인의 함성이 사원에 울렸다. 그 성량이 어찌나 큰지 주변이 울릴 정도였다.

"캬아악……."

"커헉, 큭!"

사제의 목숨이 끊어지자마자 주술에도 이상이 생겼다.

식인 부족의 전사에게서 곧장 반응이 나왔다.

시커먼 아지랑이가 새어 나오면서 흩어지고, 지렁이처럼 꿈틀거리던 문신도 멈췄다.

괴이할 정도로 부풀어 올랐던 근육도 쪼그라들었고, 살까지 빠지기 시작했다.

광기가 뒤섞인 적의도 점차 줄어들더니만 이윽고 사라졌다. 전부 지친 기색으로 숨만 거칠게 내쉬었다.

"이때다! 전부 처리해!"

주서천과 소령의 무위에 넋을 잃고 있던 중, 단하성의 외침이 의식을 깨웠다.

"하앗!"

"죽어라!"

식인 부족에게 자비는 없다. 전투 불능에 빠져 있으니, 다시 날뛰기 전에 최대한 많이 죽여야 했다.

저항을 하지 않다 보니 전투라기보다는 일방적인 학살이었으나 그렇다고 딱히 찝찝한 마음은 없었다.

"이제 좀 쉴 수 있겠네."

주서천이 숨을 돌리며 검에 묻은 피를 털었다.

전력이 백오십이었던 식인 부족도 수색대의 활약 덕인지 오십으로 줄었다. 사원의 꼭대기를 향해 오르면서 힘을 아끼지 않고 덤벼드는 적들을 죽인 덕분인지 여럿 죽일 수 있었다.

그리고 사제의 주술이 해제되면서 그 반동으로 전투 불능이 되자, 제대로 된 반항 한 번을 못 하고 죽었다.

오십도 이십 이하로 줄어들자, 대강 정리됐다.

"그만! 나머지는 포로로 한다!"

혹시 캐낼 것이 있을지 모르니 몇 명은 살려 두기로 했다. 열다섯 명 정도 남았을 때 학살을 멈췄다.

"이제야 좀 여유 있게 있을 수 있겠군."

단하성이 뒷정리를 맡기고 주서천에게 다가가 인사했다.

"강호의 후배가 선배님을 뵙습니다."

주서천이 먼저 단하성을 보고 인사를 건넸다.

"편하게 대해 주게. 내 전에 독혈곡에서 주 대협에게 생명의 빚을 졌는데, 또 이렇게 빚을 지는구려. 이 은혜는 아무래도 평생이 걸려도 갚지 못할 것 같군."

"괜찮습니다. 다음에 제게 무슨 일이 있다면 도와주시면 됩니다."

"사정상 제자를 들일 수 없지만, 대신 내 성하장의 이름을 걸고 얼마든지 도움을 주겠다고 맹세하지."

점창파는 성하장이 재정난을 해결해 주는 대가로 장주의 아들을 장문인의 적전제자로 받아들여 주었다.

그 대신 몇 가지 조건을 덧붙였는데, 그중에는 전수받은 무공을 발설할 수 없도록 금제를 걸어 두는 것이 존재했다. 그렇다 보니 제자를 받는 게 불가능했다.

"점창칠공자께서는 괜찮으신가?"

"무슨 이야기를 하시는지 궁금하군요."

정리가 대강 끝나가자 당염과 당혜가 다가왔다.

"아, 오셨습니까. 도와주셔서 감사하오. 당가에게도 빚을 졌소."

단하성이 당염과 당혜에게도 각각 인사를 건넸다.

"무사해 보이니 다행이군. 어떻게 된 경위인지 대충 알 수 있겠나?"

"물론입니다. 다만, 그건 들어가서 이야기하지요."

"가면서라니?"

"사원의 내부입니다."

식인 부족의 사원은 꼭대기의 제단만을 위해 만들어지지 않았다. 사원이 곧 부족의 삶의 터전이었다.

비를 피할 수 있는 잠자리는 물론이고 식량을 저장할 수 있는 창고나 병기고도 전부 사원 내에 있었다.

그 외에도 부족 바깥에서 사냥해 온 짐승 혹은 사람을 감금하는 장소도 존재했는데, 점창파 역시 얼마 전까지는 이곳에 감금되어 있었다면서, 단하성은 그동안의 경위를 간

략하게 설명해 주었다. 세세한 것을 제외하곤 주서천의 추측과 별반 다를 것이 없었다.

"그나저나, 그 여아는 대체 누군가?"

당염의 눈길이 소령으로 향했다.

도저히 인간 같지 않았던 사제. 그 괴물과의 격전을 드문드문 지켜보았다.

그리고 마지막, 불꽃을 가르면서 튀어나온 주서천과 소령의 눈부신 신위를 보고 감탄했었다.

매화정검의 무위야 독혈곡에서도 그렇고, 중원에 워낙 정평이 나 있으니 '과연' 하고 수긍이 갔다.

하나 고작 예닐곱, 많아 봤자 열 살밖에 되지 않은 여아가 저런 무위를 보이니 입이 절로 떡 벌어졌다.

"보아하니 화산파는 아닌 것 같고……."

단하성도 당염의 물음에 동하여 호기심을 보였다.

당혜야 암천회나 유령곡에 대해서도 들은 것이 있어, 소령의 정체에 대해서는 알아 아무 말도 안 했다.

"사정이 있어서 말씀을 드리기에는 조금 애매합니다. 괜찮다면 제 얼굴을 보고 넘어가 주시겠습니까?"

신분이 신분이다 보니 솔직하게 답할 수도 없고, 둘러대기도 어려워서 쓴웃음을 지으며 숨겼다.

"알겠네. 내 그러도록 하지."

단하성은 은인을 곤란하게 만들고 싶지 않았는지, 의문을 남기면서도 깔끔하게 포기했다.

강호 무림에서 어떠한 사정을 자꾸 캐묻는 것도 실례인 일. 단하성은 그리 무례하지 않다.

당염은 미련이 남은 표정이었지만, 당혜가 눈짓을 보내오자 입맛을 다시며 의문을 접을 수밖에 없었다.

"비록 남만을 수색하기도 전에 운이 나빠 이곳에 잡혀왔으나 그게 또 나쁜 것만은 아니었네."

"혹시, 신의의 행방을 찾은 겁니까?"

"그건 아니네만, 실마리를 찾았네."

예상외의 희소식에 일행의 안색이 환해졌다.

이 넓은 대수림, 남만에서 신의 한 사람을 어찌 찾아야 할지 막막했는데 천만다행이었다.

단하성은 사원의 깊숙한 곳, 다른 곳보다 불빛이 적은 곳으로 이동했는데 나타난 곳은 뇌옥이었다.

그것도 보통의 뇌옥이 아니었다.

"쯧!"

당염이 혀를 차며 눈살을 찌푸렸다. 주서천과 당혜의 표정도 일그러졌다. 소령만 무표정했다.

뇌옥의 근처에는 주방이 설치되어 있었는데, 여러 식재료뿐만 아니라 말린 고기나 가죽이 보였다. 그러나 그 고기와 가죽은 짐승의 것이 아닌 사람이었다.

일행은 기분 나쁨을 느끼면서, 열 명밖에 남지 않은 식인 부족을 그냥 죽여 버릴까 고민했다.

"어어?"

뇌옥을 지나치던 도중, 갇혀 있던 사람들은 식인 부족이 아니라는 걸 깨닫고 놀란 표정을 지었다.

"구하러 왔소! 뇌옥을 열어 줄 것이니, 당황하거나 흥분하지 말고 침착하게 질서를 유지하고 나오시오!"

단하성은 뇌옥의 열쇠 꾸러미를 흔들며 일부러 들으라는 듯 소리를 냈다.

끼익. 철컹.

뇌옥의 문이 하나하나 열렸다. 그러나 안에 갇혀 있는 사람들은 의심 탓에 섣불리 나오지 않았다.

몇몇은 너무 오랫동안 감금되어 정신적인 충격이 있었는지 벽 구석에서 몸을 웅크려 경계했다.

"주, 중원인?"

누구도 섣불리 나서지 못하던 중, 수많은 뇌옥 중에서 몇몇만 고개를 슬쩍 내밀었다.

"당신들이 어떻게……?"

오랫동안 씻지 않아 얼굴은 물론이고 몸 전체가 꾀죄죄했지만, 이상하게도 살은 또 후덕하게 쪘다.

식인 부족이 사람을 식량으로 쓰기 위해서, 끼니는 필요 이상으로 챙겨 줬다. 다들 살이 찌면 어떻게 될지 알기에 거부하기도 했으나, 그럴 경우 죽이거나 고문했기에 어쩔 수 없이 공포에 떨면서도 받아먹을 수밖에 없었다.

"오, 거기에 있었군."

단하성이 마침 찾고 찾던 사람을 보고 웃었다.

"칠공자가 아는 사람인가요?"

"남만의 청화(淸化)라는 지방의 토호(土豪)인 여리라는 자요."

'여리?'

주서천이 고개를 갸웃거렸다.

어디서 들어 본 이름이다. 그것도 오래되지 않은 기억이었다. 그런데 이상하게 잘 기억이 나지 않았다.

'청화도 어디서 많이 들어 본 것 같고…….'

전부 낯설지 않은 느낌이었다. 그런데 안개처럼 흐릿해서 잘 떠오르지가 않았다.

아무리 남만에 대한 서적을 읽었다고 할지라도 중원도 아닌 일이고, 오래전이니 전부 알 수는 없다.

책에서 읽은 건 확실한데, 너무 오래되어 기억이 나지 않는 게 아쉬웠다.

"토호? 남만은 야만 부족밖에 없는 게 아니었나?"

당염이 토호라는 개념이 있다는 것에 신기해했다.

"정말로 야만족뿐이라면 대화가 통할 리가 없지요. 확실히 남만은 식인 부족처럼 주요 야만 부족의 지배하에 놓여 있긴 하지만, 그렇다고 전부는 아닙니다. 그중에는 상식인도 있습니다."

중원은 남만을 오랑캐라 폄하하여 여기고 있지만, 그래도 한때는 원과 명에 대항하던 국가였다.

지금은 전쟁에 패배하여 이렇게 되었지만, 그래도 잘 살펴보면 제대로 된 문명이 잔재해 있다.

"여리 공, 안심하게나. 식인 부족은 전부 처리했으니 걱정할 것 없네."

"그럴 리가!"

여리가 믿을 수 없는 표정을 지었다. 뇌옥에 있는 다른 사람들도 고개를 끄덕이며 수군거렸다.

식인 부족의 강함은 거짓이 아니다. 사람을 먹는 괴물답게 그 힘은 남만에서도 손꼽혔다.

특히나 부족의 지도자, 사제의 주술은 사술의 수준을 넘었다. 그 힘을 떠올리면 몸이 떨렸다.

"내가 거짓을 고할 이유가 뭐가 있겠는가."

"……."

여리는 의심을 전부 거두지 못했으나, 단하성의 말에도

일리가 있었는지 뇌옥 밖으로 슬쩍 나왔다.

'정말인가?'

평소라면 경비가 있어야 했는데 아무도 없었다. 무언가가 이상하다는 건 확실했다.

그리고 그제야 낯선 얼굴들이 보였는데, 특히나 당혜를 본 순간 여리는 숨을 쉴 수가 없었다.

"허어…… 내 지금 선녀를 보고 있는 건가?"

혹시나 이미 식인 부족의 배 속에 있는 건 아닐까 하는 의심이 들었다.

"절 예쁘게 봐주시는 건 감사하나, 슬슬 답답해지려니 그 기분 나쁘고 불쾌한 살덩어리를 출렁이면서 얼른 나와 주셨으면 해요."

당혜가 언제나처럼 점잖은 목소리로 독설을 퍼부었다.

"괜히 돌려서 물을 생각도 없고, 댁의 심신이 취약해져 있다고 배려해 줄 생각도 없어요. 저희의 사정이 급하니, 웬만하면 얼른얼른 나와서 화인의원의 신의에 대한 이야기를 해 주셨으면 해요."

"……."

여리가 꿀 먹은 벙어리처럼 아무 말도 하지 못했다.

단하성조차 어이없다는 듯이 입을 떡 벌렸다.

"어째서 세월아 네월아 하면서 시간을 보내시는지 조금

이해가 안 가는군요. 괜찮다면 목소리가 나오도록 창자가 끊어지는 독을 선사해 줄 수도 있는데, 꼭 그런 방법을 써야 할까요?"

"아, 아닙니다! 소저!"

여리가 침을 꿀꺽 삼키며 곧장 반응했다. 그의 떨리는 눈동자는 당혜의 손바닥에 모인 독기로 향했다.

"제 말을 이렇게나 빠르게 이해하시다니, 현명하신 분이네요. 정말로 기뻐요. 안 그래도 싸우고 오느라 피곤했는데, 이해해 주셔서 감사하답니다."

'난 왜 이 여자랑 자꾸 엮이는 걸까?'

주서천이 당혜의 독설을 듣고 진지하게 고민했다.

"그, 신의인지 아닌지는 잘 모르겠으나…… 이곳에 잡혀 오기 전에 중원에서 온 명의가 있다는 소문을 들었습니다."

당혜뿐만 아니라 수색대가 눈을 빛냈다.

중원인이 남만으로 오는 경우는 흔하지 않다. 그것도 의원 중에서는 손에 꼽을 정도로 적었다.

"치료해 주는 보답으로 금은보화가 아닌 약초나 독초를 요구하던 게 좀 특이했습니다."

"신의로군!"

당염이 확신에 가득 찬 목소리로 외쳤다.

"지금 그 명의가 어디에 있는지 알고 있습니까?"

주서천도 조금 들뜬 표정으로 물었다.

"그것까지는 잘⋯⋯."

여리가 머리를 긁적이며 말꼬리를 흐렸다.

"하지만 절 청화로 데려다주신다면 찾는 데 도움은 줄 수 있습니다."

"좋습니다. 그리로 안내를 부탁드리겠습니다."

수색대는 남만의 청화 지방으로 향했다.

第七章
주요부족(主要部族)

　남만은 중원에 패하여 지배를 받게 됐고, 전에 있던 왕조 역시 반란으로 인하여 사라졌다.

　중원, 명은 남만의 전통과 풍습을 금지시키고, 기존의 책을 불태워 버려 문명과 역사를 없애 버렸다.

　그리고 사서오경을 배포해 성리학과 유학을 가르쳤으며, 불교와 도교까지 전파했다.

　다만 이는 어디까지나 대외적인 명령에 지나지 않았다.

　남만이 워낙 척박한 땅이며 가져갈 것이라곤 인력 외에 없어서 큰 관심을 가지지 않았다.

　파견된 관리들은 감시도 없겠다 사리사욕을 채우는 데

열중하여, 남만은 결국 무법 지대가 되기에 이른다.

통제나 질서가 존재하지 않는 무법 지대에는 약육강식이 자연스레 자리 잡게 됐고, 식인 부족처럼 야만족들이 창궐하였다. 그래도 그중에서 양심과 도덕을 버리지 않아 최소한의 대화가 통하는 자들이 있었는데 그중 한곳이 바로 청화였다.

남만, 청화.

"토호님께서 살아 돌아오셨다!"

망루 위의 경계병이 여리를 보고 놀란 목소리로 외쳤다. 밀림의 고목을 소재로 해 어지간한 석벽만큼의 두께를 자랑하는 벽 너머로 수군거림이 들려왔다.

드르륵. 끼이익.

외부의 침입을 불허하는 문이 열린다. 크기가 크다 보니 열리는 속도가 느릿느릿했다.

"뭣, 토호님께서?"

"그보다 저들은 누구지?"

행방불명됐던 토호도 토호지만, 낯선 사람들이 나타나자 이목이 집중되면서 금세 소란스러워졌다.

"여리 공!"

토호의 생존 소식을 듣고 발에 불이 나도록 뛰어나온 건

가족이 아닌 혈맹을 맺은 군사, 완채였다.

"아이고, 이 사람아! 무사히 돌아왔군!"

완채는 눈을 글썽이면서 여리를 끌어안았다.

"완채 공!"

완채가 크게 반겨 주자 여리도 반가워했다.

생환을 기뻐하면서 끌어안기를 잠시. 여리가 뒤에서 수색대가 지켜보고 있다는 사실을 떠올렸다.

"아차, 내 정신 좀 보게. 삼십을 넘은 남정네들이 얼싸안는 걸 보여줘서 미안합니다."

"도대체 어떻게 된 건가? 저분들은 누구고?"

완채도 낯선 방문객들의 존재를 깨달았다.

"일단 자리부터 옮기지. 내 전부 이야기해 주겠네."

*　　*　　*

남만에서 주요 부족에 속하지 않는 부류는 둘로 나뉜다.

힘에 굴복당하여 식민화당하거나, 혹은 그 힘에 맞서 대항하는 자들이었다.

청화는 그중에서도 후자의 대표 세력에 속했다. 이곳의 토호인 여리는 생각보다 이름 있는 자였다.

"당신 같은 사람이 어째서 식인 부족 한가운데에 있던

겁니까?"

주서천이 이해가 가지 않는 표정으로 물었다.

애초에 토호가 적대 세력 뇌옥에 갇혀 있는 것 자체가 이상했다. 처음에는 배신이라도 당한 줄 알았는데, 정작 청화에 와 보니 전혀 아니었다. 그의 생환에 대한 반응만 봐도 인망이 어떤지 대충 알 수 있었다.

"힘이 부족해서였습니다."

여리는 씁쓸한 웃음을 흘리며 그동안에 있던 사정을 알기 쉽게 차근차근 설명했다.

청화 지방군은 남만의 주요 부족에게 대항할 수는 있었지만, 그 사정이 좋지만은 않았다. 승세를 갖기는커녕 전력이 부족해 밀리고 있는 중이었다.

그래서 평소 주요 부족에게 착취당해 불만이 쌓인 이들이나, 대항할 만한 힘을 가진 세력을 찾아갔다.

"아무래도 사안이 중요하다 보니, 마음을 움직이려면 토호인 제가 직접 가는 것이 낫다고 생각했습니다. 여기 있는 제 군사는 미쳤냐며 반대했지요."

"그래서 이 사달이 나지 않았나."

완채가 한숨을 푹 내쉬었다.

"그나저나, 그들이 멸족했다는 게 정말이오?"

완채는 죽을 날만 기다리던 여리가 중원인들에게 도움을

받은 걸 듣고 대경하였다.

그도 그럴 것이, 식인 부족은 그 주요 부족 중 하나인 동시에 옛적부터 골치였던 야만족이었던 탓이다.

그들은 비록 숫자가 적었으나, 부족원 하나하나가 뛰어난 전사였으며 사냥꾼이었다.

밀림을 자기 집처럼 돌아다니면서, 칼을 다루는 솜씨나 보이지 않는 곳에서 날아오는 독침은 공포였다.

무엇보다 사람을 잡아먹는 식인귀가 아닌가. 대수림에서도 악명이 자자했던 악마들이 한둘도 아니고 전부 당했다고 하니 도저히 믿기지가 않았다.

"믿건 말건 간에 그건 중요하지 않아요. 그런 것보다는 토호를 구해 준 대가를 받아야겠는데요."

당혜가 탁자 위를 손가락으로 툭툭 두들겼다.

"이런, 은인분께 실례를 저질렀구려. 의심하는 것이 아니라, 정말로 순수하게 놀라서 그랬소. 기분이 나빴다면 죄송하오."

"저희 일행이 시간이 많지 않다 보니 조금 예민합니다. 그걸 이해해 주신다면 감사하겠습니다."

"물론이오."

완채가 주서천의 말에 고개를 끄덕였다.

"그렇다면 본론으로 들어가서, 단도직입적으로 묻죠. 중원에서 온 명의의 행방을 알고 있습니까?"

"예."

완채가 한 치의 망설임도 없이 즉답했다.

"좋았어!"

단하성이 주먹을 불끈 쥐며 웃었다.

그러나 기뻐하기에는 아직 이르다. 완채의 좋지 못한 표정에서 무슨 말이 나올지가 문제였다.

"어디에 있습니까?"

"만독지(萬毒地)."

"쯧!"

주서천이 혀를 찼다.

당혜나 당염의 얼굴도 좋지 못했다. 아니, 안 좋은 걸 넘어서 참혹하게 일그러졌다.

"허어……."

여리가 차마 말을 잇지 못하고 탄성만 흘렀다.

단하성도 분위기가 무언가가 이상하다는 걸 느끼고 물었다.

"무슨 문제라도 있소?"

"최악이죠."

당혜가 눈썹을 찡그리면서 관자놀이를 손가락으로 꾹꾹 눌렀다. 손가락 사이로 새카만 머리카락이 비단처럼 흘러

내려 그 와중에도 고혹적인 미색을 뽐낸다.

"위험한 곳이오?"

"저주받은 곳입니다."

주서천도 좋지 못한 목소리로 중얼거렸다.

＊　　　＊　　　＊

독의 근원이자 저주받은 땅, 만독지.

그곳이 언제부터 있었는지는 아무도 모른다. 고대에도 '존재했다.'라고 기록되어 있었다.

알려진 것이라곤 만 가지, 아니 셀 수 없는 숫자의 독이 있어 침입을 허용하지 않는다는 것이었다.

그 내부를 결코 들여다볼 수 없는 인세의 지옥이자 대수림 속의 수림. 만독지.

중원의 금지인 독혈곡조차 이곳에 비해선 그저 일부에 지나지 않을 정도로 악명 높았다.

"여전히 기분 나쁜 곳이군."

물살이 거센 강의 너머로 지옥이 펼쳐져 있다.

그러나 상식을 넘어선 거목이 빽빽하게 자리 잡아 그 내부를 확인할 수도, 살펴볼 수 없었다.

무엇보다 보기만 해도 등골이 오싹해지는 불온하고 꺼림

칙한 기운이 강을 경계로 자리 잡고 있다.

일간에서는 만독지의 존재로 남만이 독의 천지가 되었다는 말도 있는데, 이곳을 보니 수긍이 갔다.

"무슨 일이냐."

남자는 뒤에서부터 느껴지는 인기척에 반응했다.

"사원이 당했습니다."

"청화군이 사원을 습격했나? 제법 많이 죽었겠군."

남자가 코웃음을 쳤다.

"아닙니다. 식인 부족이 멸망했습니다."

"뭣……?"

남자의 얼굴이 싹 굳었다. 눈을 화등잔만 해지고, 숨은 멈췄다. 불신과 경악이 뒤섞인 표정이었다.

"그게 무슨 소리냐! 식인 부족이 멸망하다니!"

그들의 강함은 두말할 것도 없다. 주요 부족에겐 큰 전력이지만, 식인을 즐겨 하고 통제 불능의 미친놈들밖에 없어서 같은 주요 부족들도 꺼려 했다.

그래도 거의 유일하다시피 대화가 가능한 사제와 필요한 것을 교환해서 협력을 유지할 수는 있었다.

"목격자가 한둘이 아닙니다. 아마 지금쯤 대수림 전체에 퍼지고 있을 겁니다."

"이럴 수가…… 사제, 사제는 어떻게 됐느냐?"

사제는 남만의 강자 중에서도 손꼽힐 정도다.

비록 무인은 아니나, 그 힘은 화경의 고수 이상이다. 남만의 대전사조차 경외하는 괴물이었다.

"제단 위에서 시체로 발견됐습니다."

"누구냐."

남자가 눈을 매섭게 떴다.

"누가 사원을 습격했나."

"그게…… 사원 내부에 생존자가 남아 있지 않아…… 컥!"

남자의 손이 사라졌다가 나타나 목을 붙잡았다.

"네놈이 할 일이 있다는 것에 감사해라. 그렇지 않았다면 진작 죽었을 테니까."

"컥…… 중…… 커흐흑!"

남자가 분노를 짓누르며 손을 놓았다.

"콜록, 콜록…… 아, 아직 정확하지는 않으나, 중원의 무림인이 온 것 같다는 소문이 있습니다."

"과연. 적어도 천하백대고수가 내려왔다는 건가."

남자가 조용히 생각에 잠겼고, 정보원은 벌겋게 손자국이 난 목덜미를 매만지면서 심호흡했다.

"누군지는 모르나 내 그놈을 쳐 죽이리라."

그 목소리에서는 질척질척한 살의가 묻어났다.

'일이 귀찮게 됐구나.'

남만의 주요 부족의 전력 중에서 식인 부족의 영향력은 생각 이상으로 크다. 그런데 열댓 명도 아니고, 아예 씨가 말라 버렸다. 특히 전사들만이 아니라, 그 지도자이자 강자였던 사제의 손실이 크나큰 손실이다.

"부족 회의를 열어라."

아직 알려지지 않은 위협도 위협이지만, 지금 당장 발등에 떨어진 불은 전력의 큰 감소였다.

남만의 주요 부족은 그동안 순수한 힘을 이용하여 대수림을 지배하면서 온갖 행패를 부렸다.

마음에 드는 여자는 범하고, 부모 앞에서 자식을 죽이거나, 자식 앞에서 부모를 잔인하게 살해하였다.

그 외에도 식량을 빼앗거나, 혹은 짐승의 먹이를 던진 적도 여럿이었다.

온갖 야만적인 일이 있었으니 불만이 쌓이는 건 당연하다. 그저 힘 앞에 분노를 삭이고 있었을 뿐이다.

그리고 그 힘이 조금이라도 약해지는 순간.

"전쟁이 일어날 거라고."

남만이 소란스럽다.

"식인 부족이 멸족했다."

남만의 주요 부족, 식인 부족.

그리고 부족장이자 남만의 괴물, 사제.

그의 죽음이 얼마 지나지 않아 남만을 강타했다.

"그 괴물이 죽었다고? 정말인가?"

"그래. 지금 주요 부족이 각각 전사들을 보내 사원을 털고 있다고 하더군."

"헛소문이 아니라 정말이었다고?"

"아니, 도대체 누가 그 괴물을 죽였단 말인가?"

남만이 식인 부족의 소식에 요동쳤다. 주요 부족과 대항하던 청화 지방은 물론이고, 각지로 뻗어 나갔다.

빽빽하게 늘어진 식물이나, 독물 등의 척박한 환경 탓에 소문이 느린데도 불과하고 그 속도는 빨랐다.

남만에서 식인 부족의 존재감이나 영향력이 어떤지 알 수 있는 부분이었다.

"중원인일세."

"엥? 중원인이라고?"

"설마하니 중원에서 군대를 보내온 겐가?"

"아닐세. 중원의 무림인들일세."

"허어! 도무지 이해가 안 가는군."

중원의 정세는 남만만큼 복잡하다. 고향 일로도 바쁠 텐데, 남만의 일에 끼어든 게 이해가 안 갔다.

"들자 하니 누구를 찾으러 온 것 같은데……."

"누구?"

"그건 잘 모르겠군. 그러나 그들이 식인 부족과 격돌하게 된 연유는 대강 알고 있네."

"그 식인귀들의 영역이 중원 앞까지 있지 않나. 부딪치는 것도 이상한 건 아니지."

식인 부족은 사람이라면 가리지 않는다. 심지어 부족 내에서 노약자가 발생하게 되면 잡아먹기도 한다.

그런 족속들의 영역 안에 들어섰으니 습격을 당하는 건 이상한 일이 아니다.

한편 남만이 소란스러운 사이, 여리는 이 틈을 이용하여 각지의 세력에게 전령을 보내며 호소했다.

"대우(大虞)이자 대월의 후예들은 들으라. 도대체 언제까지 저 야만족들에게 모든 걸 내줄 생각인가!"

원래 그의 연설에는 아무도 귀를 기울이지 않았었다. 그러나 정세가 바뀌자 그들의 마음도 움직였다.

무엇보다 최근 중원 무림인들이 청화에 있다는 걸 듣는 순간 하나같이 눈을 빛내기 시작했다.

*　　　*　　　*

수색대의 목적지는 만독지로 정해졌다. 그러나 떠나기 전부터 난항을 겪어야 했다.

저주받은 땅이라 불리는 만독지는 그 자체적으로도 문제지만 그 근방이 전부 주요 부족의 영역이었다.

그러다 보니 만독지에 진입하려면 필수 불가결적으로 주요 부족과 부딪칠 수밖에 없었다.

"마침 서로 간의 목적지가 같으니, 임시로 힘을 합하는 건 어떻습니까?"

여리가 조심스럽게 눈치를 보며 물었다.

한 세력을 이끄는 지도자답지 않게 소극적으로 보일지도 모르지만, 사적인 자리에서는 생명의 은인에게 예의를 갖추는 것뿐이었다. 대외적인 자리에서 위엄 어린 모습을 보일 때는 수색대도 조금 놀랐다.

"아무래도 저 혼자 결정하기에는 힘든 문제인 것 같습니다. 일행과 상의해야 할 것 같습니다."

"물론입니다."

주서천은 주요 인물들을 불러 의논했다.

"속내가 뻔히 보이는군."

당염이 불쾌한 심경을 드러냈다.

"협력이라고 말하고 있지만, 남만의 세력 다툼에 우리의 힘을 이용할 생각인 것 같소."

단하성이 솔직 담백하게 이야기했다.

이번 일로 가장 득을 본 건 청화 지방군이었다.

남만의 세력 구도에서 식인 부족이 빠지자, 주요 부족에게 반감을 지니고 있던 세력이 움직이게 됐다.

그리고 청화 지방군은 일등 공신인 중원의 수색대를 아군으로 만들어 주변에 홍보할 생각이었다.

"예. 그러나 그건 우리도 마찬가지입니다."

조금 불쾌하기는 하지만, 그래도 이해 못 하는 건 아니다.

수색대 역시 청화 지방군의 힘이 필요했다.

마음 같아선 스스로 해결하고 싶었지만 아무리 그래도 그건 무리였다.

은밀하게 잠입하려고 해도 주요 부족이 잔뜩 날이 서 있어서 불가능했고, 정면충돌은 아예 불가능하다.

외부의 협력이 없다면 신의를 구하는 건 불가능했다.

"제안을 받아들이겠습니다."

"희소식이로군요."

여리와 완채의 안색이 환해졌다.

청화 지방군은 이제 지방군의 수준이 아니었다. 세력이 불어나면서 얼마 전에 연합군으로 바뀌었다.

그 숫자가 무려 삼천여 명. 중원처럼 국가 규모의 세력

구도를 바꾸는 전쟁치곤 그 숫자가 적을지도 모르지만 남만의 입장에선 결코 적지 않은 숫자였다.

참고로, 식인 부족이 멸족하게 되고 수색대가 함께한다는 소문을 듣고 움직인 세력이 무려 이천이었다.

전대 왕조가 망하고 군대가 사라지면서 무법 지대가 된 이후로 이렇게 모인 건 또 처음이었다.

"물론, 협력하는 건 어디까지나 신의의 구출 전까지라는 걸 참조해 주시기 바랍니다."

중원도 아닌 남만의 내전에 깊게 끼어들 생각은 추호도 없었다.

"물론입니다."

완채가 만족스럽게 웃었다.

그들이 지금 걱정하는 건, 중원의 수색대가 빠지게 되면 겨우 합류한 세력이 빠질 것 같아서였다.

일단 전쟁을 시작하게 되면 패배하지 않는 이상 병력을 빼지 않을 테니, 그건 문제없었다.

"또한, 신의가 만독지에서 발견됐다는 건 사실이어야 할 겁니다. 그렇지 않으면……"

주서천이 말꼬리를 흐리며 서늘한 눈빛을 보냈다.

꿀꺽.

청화 연합군의 수뇌진이 침을 꿀꺽 삼켰다.

살의도 아닌 약간의 기운만으로도 압도당했다.

"무, 물론입니다. 정확한 정보이니 걱정하지 마십시오."

"그렇다면 다행입니다."

주서천이 내뿜은 기운을 회수하며 살짝 웃었다.

남들 보는 앞에서 한 세력의 지도자에게 이러는 건 실례지만, 중원도 아닌 남만이니 강하게 나갔다.

무엇보다 혹시라도 정보가 잘못됐다거나, 허튼짓을 한다면 큰일이니 약간의 경고도 필요했다.

"자, 그러면 슬슬 전략 회의를 하도록 하겠소."

짝짝.

완채가 손뼉을 쳐서 주의를 끌었다.

"일단 우리의 주적인 주요 부족에 대해서 알려드리겠소. 중원의 무림인들이 자리해 있으니, 연합군 여러분께서는 부디 양해해 주시기 바라오."

남만의 주요 부족은 원래 넷이었다. 본래 그들은 중원과의 전쟁에서 패배하기 전에는 인적이 드문 만독지를 주 활동지로 삼아 숨어 지냈으나, 무법 지대가 된 이후로 무력을 통해 남만을 지배했다.

"첫째로, 야수 부족을 꼽을 수 있소."

"야수 부족?"

중원의 무림인들에게는 익숙한 이름이었다.

얼마 전에 있었던 패륜아의 반란에 가담한 사도천의 사도팔문 중 한 곳이 아니었던가.

물론, 지금은 사도천주에 의하여 완전히 묵사발 났다.

"아아, 그리고 보니 중원 무림에도 비슷한 이름의 사도문파가 있다고 들은 것 같은데…… 그 관계성은 잘 모르오. 다만, 주요 부족은 중원은커녕 근방과 교류조차 하지 않으니 아마 없을 거요."

남만과 교류하는 중원의 세력이라고 해 봤자 운남이나 관부 정도다. 그 외에는 전무하다시피 없다.

심지어 관부의 경우에는 지배를 위해 관리까지 파견했지만, 다들 하나같이 사리사욕을 채우는 데 바빠 전혀 신경 쓰지 않는 편에 속했다.

"야수 부족은 대수림의 사나운 짐승들을 길들였을 뿐만 아니라, 동물의 힘을 사용하는 신비한 힘을 지녔소. 예를 들어 곰의 힘이라거나, 늑대의 민첩함을 사용할 수 있다오. 숫자도 가장 많은데, 천여 명 정도 된다오."

"언제나 생각하는 거지만, 남…… 어흠. 대수림의 주술은 신비하고 대단한 것 같구려."

당염이 남만이라 말을 하려다가 얼른 고쳤다.

중원에서 남만이라는 명칭은 아무렇지 않게 사용되고 있지만 이곳에서 그리 불렀다간 눈총을 받는다.

남만이란 건 어디까지나 중원인이 남쪽의 미개한 민족이라며 낮잡아 부르던 말이었다.

적이라면 모를까, 아군이 되어 협력 관계가 된 이들 앞에서 지킬 건 지켜야 했다.

"그다음은 독충 부족이오. 그들은 대수림 최초로 만독지 내부로 진입해, 터전을 가꾼 자들이지."

"그 만독지에서 말인가요?"

당혜가 놀라운 표정을 지우지 못했다.

비교적 남만과 교류가 있던 점창파도 잘 몰랐지만, 당가는 독의 명가답게 만독지에 대해 알고 있었다.

알고 있다고 해도 일부에 불과하지만 독공을 수련한 무인으로서 경외를 표하고 있었다.

"대수림에서도 독의 대가로 알려진 부족이오. 물론, 만독지를 제집처럼 돌아다닐 수 있는 것은 아니외다. 그들의 영역은 어디까지나 초입 부근에 불과하오."

"그래도 대단하군요."

남만인은 중원인에 비해 기본적으로 독에 대한 내성이 있다. 심지어 무인이 아닌 일반인 중에도 있다.

그런 사람들이 접근조차 꺼려 하는 만독지인데, 그곳에서 살아간다는 건 굉장한 사실이었다.

"그리고, 그들의 이름에도 알 수 있다시피, 그들은 만독지에서 살아가며 그곳의 독충을 수족처럼 부리게 됐소. 어떤 이는 몸이 독충으로 이루어져 있다고 하던데, 사실인지는 잘 모르겠소. 수는 칠백 정도요."

"으음…… 칠백이나…….

수색대에서도 신음이 흘러나왔다.

설마하니 만독지에서 그렇게 많은 이들이 살아가고 있을 줄은 몰랐다. 얼마나 강할지 상상이 안 갔다.

"그리고 그다음은 구희(嫗姬) 부족이 있소."

"구희 부족?"

전의 둘과는 다르게 이름만으로는 추측이 불가능했다. 그러나 그 이름이 나오자 분위기가 돌변했다.

청화 연합군 한 사람 한 사람이 무거운 표정을 지은 걸 보면, 범상치 않은 부족임이 틀림없었다.

"구희 부족은 주요 부족 중에서도 가장 오래되었고, 신비롭고, 무서우며, 강맹하오. 그 숫자는 삼백여 명밖에 되지 않지만 한 명 한 명이 일당백이오."

"그들은 어떠한 부족입니까? 구희라면…… 혹시, 북해인들처럼 주로 여자들로 구성된 이들입니까?"

"그렇지 않습니다. 조금 긴 이야기가 될지도 모르는데, 괜찮겠습니까?"

"예."

"역사의 기록에 의거하여, 대우와 대월이 있기도 전 최초의 국가인 반랑이 있었습니다. 그 국가를 세운 이가 바로 홍왕이란 자인데…… 전해져 내려오는 구전에 의하면, 그 부모가 신농씨(神農氏)의 오세손인 낙용군(貉龍軍)과, 제래(帝來)의 딸인 구희입니다."

"신농씨? 염제(炎帝) 말입니까?"

중원 최초의 왕조, 하나라 이전에나 실존했다는 전설상의 군주인 삼황(三皇)의 이름이었다.

사람에게 농사를 본격적으로 알려 준 이로서, 신격을 갖춘 군주였다. 그러나 이젠 전설 속의 이야기다.

"그렇소."

어쨌거나 그 신농의 삼세손인 제명(帝明)에게는 서로 다른 배에서 낳은 두 아들이 있었는데, 각각 북쪽과 남쪽을 다스릴 제의와 녹속이었다. 그리고 제의의 아들이 화(火)의 화신이자 불사의 요정이라 불리는 구희의 아비인 제래이고, 녹속은 용왕의 딸과 결혼하여 훗날 용의 제왕이라 칭해질 낙용군의 아비였다.

"구희는 용궁에서 살던 낙용군과 잠시 만나 사랑에 빠져 잉태를 하게 되고, 백 개의 알을 낳게 되오."

백 개의 알에서는 백 명의 아들이 태어난다.

그러나 그중 오십여 명이 후에 피치 못할 사정으로 용궁으로 돌아가게 된 낙용군을 따라 떠나 버린다.

나머지 오십여 명은 어머니인 구희를 따라 산에 남는데, 이들이 훗날 남만의 최초의 왕조가 된다.

"그러나, 그 반랑이라는 나라는 일찍이 멸망하였소. 지금은 그 흔적조차 남아 있지 않다만……."

"그 후예를 자처하는 겁니까?"

"예. 그러나 그 힘은 진짜요. 그 숫자는 비록 삼백여 명밖에 되지 않지만, 실제로 구희의 피를 이었는지 몰라도 불을 다스리거나, 혹은 불사에 가까울 정도의 재생력을 지니고 있소. 그러니 조심해야 하오."

"흠. 그게 정말이란 말인가?"

당염이 믿지 못하겠다는 표정으로 수염을 쓰다듬었다.

고대의 신화 이야기가 나온 것도 이상한데, 그 후예들이 불을 다스리고 불사에 가깝다고 한다.

남만의 주술이 신기한 것은 예로부터 알고 있었지만, 그래도 너무 허무맹랑한 이야기라 믿기 힘들었다.

"중원의 무림인들이야말로 일격에 바위를 부수고, 수면 위를 걸어 다닌다고 들었소. 혹은 눈앞에서 그림자를 남기며 사라진다거나, 숨을 반나절 동안 참는다거나, 혹은 맥박이 하루에 열 번만 뛰어도 살아가는 기술이 있다던데…… 우리야말로 믿기지 않소."

당염이 완채의 말을 듣고 머쓱한지 쓴웃음을 흘렸다.

중원의 무림인 중에서도 그 정도 되는 경지는 흔치 않으나, 그래도 확실히 존재한다. 없는 건 아니다.

그러나 무공이란 개념이 희박한 남만인 입장에선 허무맹랑한 이야기였다.

"주요 부족은 넷이라고 했는데, 그다음 부족은 어떤 자들입니까?"

주서천이 완채에게 물었다.

"원래는 넷이었으나, 이제는 셋이오. 나머지 한 곳이 식인 부족이었소. 밀림도를 귀신같이 잘 다루고, 독충 부족에게 협력을 받아 제조한 독침으로 소리 소문 없이 의식을 빼앗아 갔지. 무엇보다 정말로 무서운 건 사제요. 그의 주술이 없는 게 천만다행이오."

완채나 여리, 그리고 주변의 청화 연합군의 수뇌부가 질색한 표정을 한 채 머리를 좌우로 흔들었다.

주서천은 그 반응을 보고 식인 부족이 생각 이상으로 거물이란 걸 깨달을 수 있었다.

"그나저나, 식인 부족은 그 악명과 다르게 숫자가 생각보다 적군요."

"식인 부족은 인구의 변동이 심하오. 정기적으로 많아졌다가 줄어드오. 얼마 전까지는 사백에서 오백 정도였소."

"그게 무슨 소리죠? 저희가 봤을 때는 많아 봤자 이백여 명 정도밖에 되지 않았는데요."

당혜가 이해가 안 가는 표정으로 고개를 기울였다.

"나머지 삼백여 명 정도가 노쇠하거나, 혹은 선천적으로 몸이 약한 자들이었소이다."

"설마……."

"전부 잡아먹혔소."

완채 대신 여리가 기가 질린 표정으로 답했다.

第八章
청화연합(清化聯合)

청화 연합군 삼천.

주요 부족 이천.

수로만 보면 청화 연합군이 압도적이다.

그러나 그렇게 유리하다고 말할 수는 없었다. 이 정도 숫
자임에도 청화 연합군은 불안해했다.

그도 그럴 것이, 적들은 국가 체제 붕괴 이후 힘만으로
남만을 굴복시킨 괴물들이니 당연했다.

불행 중 다행으로, 연합군에는 그 괴물들을 겨우 육십으
로 박살 낸 중원 무림인들이 있다는 것이었다.

"일단 부대 편성부터 해야겠군요."

총지휘권은 여리와 완채에게 있었으나 수색대는 특별히 개별적인 지휘를 인정받게 됐다.

최대의 전력에게 맞춰 움직이는 거야 당연했고, 상식에서 벗어나지 않는 이상 독자적 행동도 허가했다.

청화 연합군의 수뇌들도 이를 뭐라 하지 못했다.

"일단 독의 내성과 해독 능력부터 확인하도록 하죠."

당혜가 손가락 끝에서 독액을 뚝뚝 흘리며 섬뜩하게 웃었다.

청화 연합군도 남만인이라서 독에 대한 능력만큼은 걱정할 것 없다. 그러나 문제는 중원인이었다.

당가야 중원에서도 독을 특화한 곳이다 보니, 남만인보다 더하면 더했지 결코 덜하진 않았다.

문제는 점창파였다. 무공이나 실전 경험은 대단하나 독에 얼마나 맞설 수 있을지가 문제였다.

다행히도 이들 중 대부분은 과거에 점창칠공자 단하성을 따라 독혈곡에서 살아 돌아온 자들이었다.

그때 고생한 보람이 있었는지, 독에 대한 내성도 제법 있고 해독 능력도 나쁘지 않은 편이었다.

그래도 혹시 몰라 해독제를 처방받거나, 혹은 예방제 같은 것을 투약받았다.

"일단 싸움이 시작되면, 해독을 도와주는 건 힘들어요."

당혜가 단하성에게 주의점을 알려 주었다.

"그러니 되도록 독충 부족과는 부딪치지 말고, 야수 부족과 구희 부족을 부탁드릴게요."

"과연, 이해했소. 신경 써 주셔서 고맙소."

단하성은 당혜에게 해독제를 건네받으면서도 속으로 그녀의 아름다움에 감탄을 금치 못했다.

'허어, 괜히 독봉이 아니로군. 집사람을 만나지 않았고, 이십 년만 젊었어도 미쳤을 거야.'

단하성은 사십 대의 중년이다. 집안이 집안이다 보니 혼례야 성년이 되자마자 올렸다.

다만 점창파의 적전제자로서 무공이라거나 온갖 전투에 불려 다니느라 집에 제대로 들어가질 못했다.

그래도 비록 집안끼리 정해 준 부부 관계이나, 마음이 맞아 잘 지내고 있다.

또한 아내 역시 소싯적에는 운남에서 미모가 곱기로 유명하였고, 마음씨 역시 좋아 금슬도 좋았다.

'그나저나, 주 대협과 독봉 소저는 무슨 관계지?'

남만에서 함께 지내다 보면 주서천과 당혜의 험악하면서도 왠지 모를 달달한(?) 대화를 들을 수 있다.

당혜가 깜짝 놀랄 정도로의 독설을 퍼붓고, 주서천이 그걸 아무렇지 않게 응수하면서 대화를 이어 간다.

대부분 남자, 아니 무인들조차 당혜의 앞에선 기가 죽기 마련인데 주서천은 아무렇지 않아 했다.

게다가 정파의 영웅과 독봉이 어울리다 보니 그야말로 선남선녀가 따로 없었다.

그래서 혹시 하는 마음으로 묻자.

"점창칠공자께서 어떤 마음으로 그런 질문을 하시는 건지 궁금하네요. 혹여나 제가 사랑에 빠진 소녀처럼 얼굴을 붉히면서 '벼, 별로! 아무런 사이도 아니에요!' 라고 할 줄 알았나요? 그게 아니라면, 오지랖을 떨어 혹여나 전장의 이슬로 사라 없어질 도사들을 소개시켜 주시려고 그런 건가요?"

"아니, 그게 저……."

"괜찮아요. 이해해요. 궁금하실 수도 있지요. 무엇보다 점창칠공자께서는 조금 있으면 무림의 젊은 후학들을 보고 '껄껄껄. 나도 저럴 때가 있었지.' 라고 할 나이니까요. 어머나, 그런데 어쩌죠. 이제는 조금만 웃어도 폐가 찢어질 듯이 아파 올지도 모르는데…… 어떤 독이 좋을까?"

"쓸데없는 말은 하지 않겠소, 소저."

"좋아요. 전 이래서 능구렁이가 되기 전, 눈치 있는 남자들이 좋다니까요. 적어도 말귀를 알아먹잖아요?"

당혜가 부드럽게 미소 지었다.

　　　　　*　　　　*　　　　*

"흐음."

주서천은 눈앞에 놓인 물건을 보고 고심에 잠겼다.

"주술이라……."

육 척이나 되는 지팡이. 그리고 그 아래에 놓인 수상쩍은 서적. 바로 식인 부족의 보물이었다.

지팡이는 주술의 힘을 증폭시켜 주고, 이 서적은 일종의 비급이다. 사제의 주술이 기록되어 있었다.

남만이건 중원이건 간에 이 비급이 외부로 유출된다면 혈풍을 부를 것이 분명했다.

그래서 혹시 몰라, 사원을 나올 때 소령에게 부탁해 사제의 몸을 뒤져 몰래 챙겨 오기는 했다.

"이거, 잘만 하면 배울 수 있을 것 같은데……."

사제의 주술서를 읽어 보니 생각 외로 어렵지 않았다. 몇 가지 조건이 있었지만, 까다롭지 않았다.

사람의 정기나 생기가 대가였는데 순간 소모가 심각해서 그렇지, 내공으로 얼마든지 대체할 수 있었다.

무림인인 자신들을 보고 뇌라거나 심장 등을 탐내는 연유를 주술서를 읽어 보니 알 수 있었다.

나머지는 피부 위에 그려지는 문신이다. 그림이나 글자 같은 걸 그리기만 하면 발동이 가능하다.

즉, 피시줄자는 무인이건 아닌 건 간에 내기만 있다면 주술로 인해 강해질 수는 있었다.

"그 정도의 힘인데 이 정도의 조건밖에 되지 않는다니⋯⋯."

주서천은 사제를 떠올리면서 감탄을 금치 못했다.

무공으로 치자면 그야말로 신공이자 마공. 문신만 잘 새기고, 내공만 잘 모으면 그만이다.

어떠한 깨달음이라거나 혹은 기감이 필요한 것도 아니니 보면 볼수록 놀라움을 감출 수가 없었다.

"끙. 아무래도 직접 쓰기에는 힘들겠군."

아무리 여러 신분이 있다고 해도 그렇지, 명색의 정파인, 그것도 구파일방의 도사가 아닌가.

딱 봐도 수상쩍어 보이는 문양 같은 걸 피부 위에 그려 둘 수는 없었다.

곰곰이 생각해 보았지만, 아무리 아깝다곤 해도 마인으로 몰릴 것 같아 사용할 수는 없었다.

"보이지 않는 문신은 없나?"

눈에만 띄지 않는다면 얼마든지 쓸 용의가 있었다.

사람의 정기야 내공이 있으니 필요 없다. 딱 알맞은 새로운 힘이었다.

혹시 하는 마음으로 다시 한 번 주술서를 꼼꼼히 읽어 가며 찾아봤다. 다행히 문신의 도료에 대한 합성법이나 제조법에 대한 내용을 찾을 수 있었다.

그러나 아쉽게도 아예 보이지 않는 문신 같은 건 존재하지 않았다. 그래도 비슷한 건 있었다.

남만에는 피역(避役: 카멜레온)이란 생물이 있다. 이 생물은 자유자재로 피부색을 바꿀 수 있는 능력을 지녔는데, 제대로 봐도 찾을 수 없을 정도의 수준이라서 포식자들 앞에서 무척이나 유리했다.

완전하게 안 보이게 하는 건 불가능하지만, 그래도 잘 보이지 않는 것 정도는 가능했다.

그러나 이것 역시 알맞지 않았다. 감정이 고양되면 숨기기는커녕 옅게 빛나는 효능을 지녔다.

식인 부족에게 문신이란 건 곧 전사로서의 강함을 증명하고 인정받는 것. 숨기는 개념 자체가 없었다.

"흠, 감정의 고양이라……"

주서천의 눈동자가 옆으로 굴러갔다. 혼자 멀뚱히 서 있는 소령이 시야에 들어왔다.

화경의 고수가 되면 감정의 조절 정도는 쉽다. 그러나 어디까지나 조절이지, 아예 없는 건 아니다.

그러나 심살의 과정을 겪은 유령들은 다르다.

마음이 없으니 감정도 없고, 고양감도 없다.

무공과 주술은 동시에 수련해도 문제가 없으니, 딱 알맞은 조건이었다.

"좋아. 그러면 너에게 부여해야겠다. 괜찮겠니?"

"예."

"됐다. 뭘 묻겠냐."

유령신공의 영향 탓에 뭘 시켜도 곧장 듣는다.

편하기는 한데, 가슴 한구석이 불편했다.

최대한 도구가 아닌 사람으로서 대하고는 있지만, 정작본인이 그렇지 않으니 골치가 아팠다.

마음을 되돌릴 수 있는 방법을 생각하지 않은 건 아니다. 그러나 심살의 영향력이 너무 컸다.

"아무래도 사원에 다시 들러야 하긴 하겠구나."

사원을 떠나기 전, 또 건질 게 없나 대충 둘러봤다.

그중에는 금은보화나 병장기도 있었고, 독침의 제조를위한 방 같은 것도 발견했다.

아마 그중 한 곳에 문신을 그리기 위한 도료의 재료 역시있으리라.

다만, 사원은 지금 주요 부족이 검거하고 있는 중이다.

어차피 전쟁이 일어나면 정복해야 할 곳 중 하나지만, 한

번 할 일을 두 번 해야 한다는 게 귀찮았다.

"소령, 너에게 줄 게 많구나."

주서천은 소령의 머리를 슥슥 쓰다듬었다.

문신을 위한 도료도 필요하지만, 정기를 대신할 수 있도록 내공량도 늘려야 한다.

이왕 남만에 왔으니 영약이라도 찾아볼까 생각했다.

*   *   *

한 사람만을 찾기 위한 수색대는 폭풍을 일으켰다.

그 폭풍의 이름은 전쟁이었다.

남만은 전 왕조의 반란의 실패 이후 처음으로 군사를 일으켰다.

그러나 이러한 소란에도 중원에서 파견된 명의 관리들은 꿈쩍도 하지 않았다.

"흠. 청화 지방의 그 토호가 군사를 움직였다 하네."

"하하하. 고작 삼천 말인가? 애들 장난이 아닌가."

"그것도 적이란 게 야만족이라 하니…… 쯧쯧."

"고작 짐승들끼리 싸우는데 우리가 나설 연유가 있겠소? 신경 쓰지 맙시다."

관리들은 토호의 이름조차 모를 정도로 남만의 정세에는

관심이 없었다.

그저 언제나 일어나는 야만족의 세력 다툼일 뿐이라며, 오천의 규모에도 코웃음을 치며 고개를 돌렸다.

지금 당장 중요한 건 그것보다 배에 어떻게 기름칠을 할지, 어떤 미인을 안을지가 문제였다.

한편, 여리는 군사인 완채의 도움을 받아서 지방 곳곳에서 끌어모은 병력을 이끌고 이동했다.

그 숫자가 삼천. 병력은 전혀 분산되지 않았다.

삼천여 명이 한꺼번에 움직이다 보니, 그 울림이 보통이 아니었다.

평소에 사람이건 뭐건 신경 쓰지 않던 짐승들도 이번만큼은 머리를 숙이며 어둠 속에서 경계했다.

파드드드득!

수백 마리에 이르는 새들이 날개를 펄럭이며 대수림 위로 날아올랐다.

한꺼번에 날갯짓하는 소리가 마치 우레와 같아서, 마른 하늘에 날벼락이 내리치는 것 같은 착각이 들었다.

"적의 숫자는 이천이오. 야수 부족 천, 독충 부족 칠백, 구희 부족 삼백…… 그러나 그게 다가 아니오."

"그게 다가 아니라면?"

"야수 부족이 다루는 짐승들도 포함해야 하오. 대부분

늑대를 기르는데, 그 숫자가 삼백 마리 정도요."

"사람만큼은 아니겠지만, 꽤나 성가시겠군."

"그렇소."

이천 명과 삼백 마리. 적은 숫자는 아니다.

"그러나 불행 중 다행인 건, 주요 부족들 사이에 협력성이 그다지 존재하지 않는다는 거요."

"과연. 그건 확실히 좋은 소식입니다."

주서천의 입가에 웃음이 걸렸다.

주요 부족에 속해 있다고, 동일한 부족은 아니다.

야수 부족, 독충 부족, 구희 부족.

통일된 지도자가 있는 것도 아닌데, 이렇게 특색 있는 이들이 애초에 쉽게 손을 잡을 리 없다.

서로 간의 힘이 비등하니 어디 한 곳이 부딪치면 힘이 약화되어 다른 세력에게 침략을 당할 것을 두려워해 협력 관계를 맺은 것이 머릿속에 그려졌다.

오직 개인의 힘만을 믿으며, 협력을 하지 않아도 충분하다는 그 알량한 자존심은 승리에 최적이었다.

"보통, 이렇게 독립적으로 움직일 경우는 병력을 적절하게 분배하여 각개격파하는 걸 생각할 거요."

끄덕.

"그러나 그거야말로 노림수. 독충 부족은 나무나 수풀

속에 숨어, 온갖 독충을 움직여 암습을 해 오는데 그 힘을 결코 얕보지 마시오. 그걸로 과거 대월국의 잔존 병력이 전멸했소."

이미 몇 번이나 패배한 전쟁인 만큼, 적에 대한 경계심도 높았다. 대처 방안도 준비되어 있었다.

"그러니 도리어 연합군은 병력을 분산시키지 않고, 정면 승부로 해결해야 할 거요. 일 차 목표는 이곳."

좌중의 시선이 완채의 손가락 끝으로 향했다.

"식인 부족의 사원."

한편, 연합군이 전략 회의를 하고 있을 무렵.

주요 부족 역시 앞으로 흘릴 피에 대비했다.

오직 무력만으로 남만을 굴복시킨 세력이 몇 년 만에 모여 실로 오랜만에 부족 회의를 열었다.

대리석으로 된 원형 탁자에는 세 사람이 앉아 있었는데, 하나같이 다들 개성이 가득했다.

제일 눈에 띄는 건 물소의 뼈로 된 가면을 쓴 자였는데, 몸집이 산 만하여 절로 압도될 정도였다. 신장만 해도 무려 구 척에 가까워서 사람으로 보이지 않았다.

야수 부족의 지도자이자 대전사인 '검은 물소'였다.

"어차피 따로 움직일 건데, 굳이 이렇게 모여 말을 나눌 필요가 있나?"

검은 물소가 먼저 침묵을 깨면서 물었다.

"동감이다."

다른 쪽에서 수궁의 말이 들려왔다. 독충 부족의 족장이었다.

남만인답지 않게 피부가 시체처럼 창백한 게 특징이었는데, 족장치고는 어려 보이는 청년이었다.

그러나 그건 문제 되지 않는다. 정말로 눈에 띄는 건, 피부 위로 스멀스멀 기어 다니는 벌레였다.

한두 마리도 아니고, 수십 마리씩이나 되는 벌레가 기어 다니는 광경은 혐오스러웠다.

"본 녀도 마찬가지니라."

차갑게 가라앉은 위엄 어린 목소리. 그 주인은 선녀로 착각할 만한 미모의 여인이었다.

쇄골에 살짝 닿을락 말락 하는 길이의 머리카락은 당장 타오를 것처럼 붉고, 피부는 건강하게 그을렸다.

몸매 역시 육감적이라 정욕을 들끓게 했지만, 신분을 떠올리면서 가까스로 참아야만 했다.

구희 부족의 여족장이기에.

"좋다. 그러면 알아서 하도록 하지."

검은 물소가 만족스러운 웃음소리를 흘리며 자리에서 일

어났다. 다른 두 족장도 발걸음을 옮겼다.

*　　　*　　　*

둥. 둥. 둥.

고수(鼓手)가 북을 친다. 북소리가 웅장하게 울리면서 곳곳에 퍼졌다.

삼천에 이르는 병력이 동시에 움직이자 지진이라도 일어난 것처럼 땅이 흔들렸다.

이상할 정도로 자란 잎사귀나 덩굴도 밀림도 앞에서는 속수무책이었다. 쉽게 뎅겅뎅겅 잘렸다.

연합군은 종횡무진하며 사원 앞까지 당도해 멈췄다.

"보아라!"

여리가 목청을 높였다.

"스스로를 주요 부족이라 칭하며, 온갖 패악을 저지르는 야만족의 무리가 지레 겁먹고 앞까지 왔구나!"

얼마 전까지만 해도 식인 부족의 영역이었던 사원. 지금은 주요 부족이 자리 잡고 있었다.

"크르르릉!"

날렵한 몸놀림을 자랑하는 근육, 입 안에 보이는 송곳니가 돋보이는 짐승이 적의 등장에 경계하며 사납게 울어 댔다.

"들어라, 자랑스러운 청화의 병사들이여!"

여리가 장식용 검을 꺼내 머리 위로 세웠다.

"야만족이 그동안 어떠한 짓을 저질렀는지 알고 있지 않은가? 잘 생각해 보아라!"

연합군의 병사들의 눈이 벌겋게 충혈됐다. 몇몇은 화를 참지 못하는지 저주와 원망의 말을 내뱉었다.

"내생까지 약속하였던 아내를 무참히 범하고, 눈에 넣어도 안 아픈 자식들을 무참하게 살해하였다. 그뿐만이랴, 늙고 병든 부모는 어디론가 잡혀가 돌아오지 않았고, 재물은 약탈당해 배를 굶주려야 했다!"

둥! 둥! 둥!

여리의 목소리와 더불어 북소리가 울렸다. 그 소리가 연합군의 마음에 불을 붙였다.

증오와 분노가 타오르고, 크게 번지면서 삼천에 이르는 병사들의 사기를 드높였다.

"더 이상 참지 말거라, 전사들이여! 인륜과 도덕을 저버리고, 짐승보다 못한 놈들에게 본때를 보여 주자!"

와아아아아!

"가자!"

"가자아아아아!"

여리는 지도자이자 지휘관이었다.

그의 외침에 영향을 받은 연합군의 기세는 그야말로 압도적. 전율을 다 느낄 정도였다.

삼천이나 되는 병력이 사원을 덮쳤다.

"적이다!"

아우우우우!

사람 몸집만 한 늑대가 목청껏 울어 댔다.

야수 부족도 공명하듯 짐승의 울음소리를 내면서 지면을 박찼다. 천에 이르는 전사들이 뛰어들었다.

보통, 일반적인 전쟁의 경우 접근전을 펼치기 전에 활을 쓰는 것이 보통인데 남만은 예외였다. 잎사귀라거나 덩굴, 나무가 빽빽하게 늘어져 있다 보니 어지간한 명궁이 아닌 이상 맞추기조차 힘들어 잘 쓰이지 않았다.

그렇다 보니 남만의 전쟁은 근접하여 붙는 것에만 특화되어 있었고, 첫 시작은 이처럼 격전이었다.

"크아악!"

"아악!"

"내 팔!"

격전도 격전이지만, 숫자가 장난이 아니었다. 위에서 내려다보면 징그러울 정도로 많았다.

식인 부족의 사원은 좁지 않지만 그렇다고 해도 삼천, 아니 사천을 넘는 숫자를 채울 정도는 아니다.

상황은 난전이 될 수밖에 없었고, 다행히 중앙의 사원이 있어 이곳에서 전투를 이을 수 있었다.

다들 발 디딜 틈이 없어지면 사원의 계단이라거나 언덕까지 밀리는 모습도 간간이 보였다.

"죽엇!"

연합군의 병사는 체계적이었다. 군사 훈련을 받아서 그런지, 다수 대 다수의 싸움에서 능숙했다.

그들의 주 무기는 밀림도와 창이었다.

남만에서 살아가려면 밀림도는 필수다. 자연스레 병기술도 밀림도가 잘 발달될 수밖에 없다.

식인 부족만큼은 아니지만, 그래도 그럭저럭 잘 사용했다.

굽어진 칼에 덤벼든 야수 부족의 전사나, 늑대는 칼날에 베여 피를 흩뿌리며 쓰러졌다.

창은 장창이 아니라 단창을 사용했다.

울창하게 자라난 나무들 사이에서 길이가 길어 봤자, 여기저기 장애물에 걸려 사용하기가 까다롭다.

사실 창보다는 칼이 낫기는 했지만 수풀에 숨은 적을 찌르기 위한 용도로 쓰이다 보니 발달하게 됐다.

그들은 서로 등을 맞대고 훈련한 기억을 떠올리면서 야

만족에게 대항했다.

"아우우우!"

그에 비해, 야수 부족은 마구잡이식이었다. 사람이라기보다는 짐승에 가까운 싸움을 보여 줬다.

하나 그렇다고 상대하기 쉽다는 건 아니었다.

괜히 남만의 주요 부족이 아니라는 걸 증명하듯, 그 강함은 몸서리칠 정도의 수준이었다.

사람과 짐승이 화합을 맞추는 건 생각 이상으로 무서웠다. 물어뜯길 때 흘러나오는 비명은 처절했다.

"흥."

야수 부족의 지도자, 검은 물소가 콧방귀를 꼈다.

"겨우 이 정도인가."

검은 물소 앞에서 숫자는 무의미했다.

전력의 차이는 반 이상이 나지만, 그런 건 상관없었다. 개개인의 무력이 이렇게 차이가 나지 않는가.

"그래도 괜한 잔머리를 굴리지 않고, 전 병력을 이끌고 와 준 것은 칭찬해 주마."

설마하니 청화 연합군이 나뉘지 않고 삼천의 병력 그대로 쳐들어올 줄은 누구도 생각하지 못했다.

그 탓에 야수 부족이 전부 가담하게 되는 꼴이 되긴 했으나, 검은 물소는 그 점이 더욱 마음에 들었다.

어차피 연합군이야 숫자만 우세한 잡졸에 불과하다.

그렇게, 생각했었다.

격렬하기 그지없는 전장이었다. 위에서 내려다봐도 어디가 우세한지 알 수 없을 정도의 난전이다.

그러나 그 비명이 난무하는 곳에서 눈에 띄는 이들이 있었다. 낯선 행색을 한 무인들이었다.

"저년은 내 거야!"

몸에 털이 수북한 전사가 눈을 벌겋게 떴다. 그 눈에 잡힌 건 다름 아닌 독봉, 당혜였다.

야수 부족은 사람보다는 짐승에 가까운 자들이었다. 성욕같이 원초적인 욕구도 배는 많았다.

싸우는 와중에도 성욕에 쌓였는지 가랑이를 주물럭거리면서 징그럽게 웃어 댔다.

"어딜! 내 거다!"

"범해 주마!"

저속할 정도로의 웃음소리. 무려 여섯에 이르는 야수 부족의 전사가 늑대를 타고 당혜에게 덤벼들었다.

"어?"

먼지구름을 내면서 돌진하던 순간 입을 헤 벌리고 있던 늑대가 눈을 껌뻑이며 앞으로 고꾸라졌다.

그 위에 있던 야수 부족의 전사도 자연스레 탄성에 의하여 바깥으로 튕겨져 나가 바닥을 굴렀다.

목이 곧장 부러져 즉사. 영문 모를 표정을 짓고 있었다.

"아가씨에게 그따위 망발을 내뱉다니……."

당혜의 앞, 호위 무사 원대식이 앞장섰다.

"독?"

나머지 아홉 명의 전사가 몸을 흠칫 떨며 급격히 멈춰 섰다. 본능이 머릿속에서 경고를 울렸다.

"용서하지 마라!"

"명!"

원대식이 앞장서자, 그 뒤로 당가의 무사들이 따른다. 당염 역시 수염을 휘날리며 독장을 날렸다.

"크아악!"

"아악!"

아홉 명의 전사 중 반절이 독에 중독됐는지, 복부를 부여잡고 바닥을 데굴데굴 굴렀다.

그중 반은 가져온 가방에서 황급히 해독제를 꺼내 복용하려 했지만, 그러지 못했다.

단하성의 검이 단죄하듯 그들의 목을 베었다.

"크앙!"

야수 부족의 전사들은 죄다 하직했으나, 그 아래 타고 있던 늑대들은 아니었다. 아직 멀쩡했다.

주인을 잃은 슬픔인지 아니면 분노인지 모를 울음소리를 토해 내면서 원수인 단하성에게 달려들었다.

몸집이 일반적인 수준을 넘어서, 그 괴력이나 위압감이 보통이 아니었다. 그것도 네 마리나 됐다.

"비켜."

그러나 복수를 시도하기도 전에, 네 마리의 늑대는 몸이 붕 뜨면서 외부의 물리력에 의해 날아갔다.

그냥 난 것만이 아니다. 바닥 위로 힘껏 던져졌다. 등 뒤로 '깨갱' 하는 애처로운 비명이 들렸다.

주서천은 단하성을 지나쳐 마침 물어뜯길 위험에 빠진 연합군의 병사 뒷덜미를 잡았다.

"우왁!"

병사가 놀란 목소리를 내며 뒤로 물러났다. 그가 있던 자리에 늑대의 입이 부딪치며 딱 소리를 냈다.

"어딜!"

주서천이 오른손으로 주먹을 쥐고 대충 휘둘렀다.

빠아악!

철퇴가 된 주먹이 늑대의 머리를 후려쳤다. 두개골에 금이 가더니, 완전히 박살이 나 버렸다.

"응?"

예리해진 감각 속에서 무언가가 잡힌다. 몸을 날리려던

걸 멈춰 서서 시선을 옆으로 돌렸다.

쐐애액!

공기가 찢어지는 소리가 났다. 무언가가 유성처럼 궤적을 그려 내면서 날아오는 게 보였다.

"화살?"

놀란 목소리가 절로 나왔다. 손이 반사적으로 움직여 목을 노리고 날아온 화살을 낚아챘다.

남만에서 궁술은 사장된 기술이다. 아무도 쓰지 않는다. 그런데 화살이 날아왔으니 놀라울 따름이다.

어떻게 된 영문인가 싶어 화살이 날아온 방향을 살펴봤지만, 빽빽하게 자리 잡은 나무밖에 안 보였다.

혹시 하는 마음으로 눈에 내공을 불어 넣었다. 시력이 일시적으로 좋아지자 그 너머도 보였다.

'궁수?'

두꺼운 나뭇가지 위에 앉아 시위에 화살을 거는 궁수가 있었는데, 매를 연상시키는 가면이 특징이었다.

"새의 힘도 빌릴 줄 알아?"

주서천이 짐짓 감탄하며 중얼거렸다.

'날 봤어?'

매 가면도 놀랐다. 하지만 이내 고개를 좌우로 흔들며 그럴 리 없다고 부정했다.

목표물과의 거리는 결코 가깝지 않다. 부족 내에서도 이 정도 시력을 갖춘 사람은 자신 외에 없다.

아마도 화살이 날아온 방향을 확인한 것뿐이라고 생각하면서 바로 옆의 나무 위로 장소를 이동했다.

끼이이익.

화살을 시위에 다시 걸고, 힘껏 잡아당긴다.

방금 전에 막은 것은 우연에 불과하다고 생각하며 눈에 힘을 팍 준 순간, 매 가면의 숨이 멈췄다.

그 눈동자에 비친 건 목표물인 주서천이 아니었다. 직선을 그려 내며 날아온 비수였다.

푹!

외마디 비명을 흘릴 틈도 없었다. 나무 위에 있던 매 가면이 이마에 비수가 꽂힌 채 뒤로 넘어졌다.

벗겨진 가면 사이로 드러난 표정은, 도저히 믿을 수 없다는 불신과 경악의 감정이었다.

第九章
전부승전(戰不勝傳)

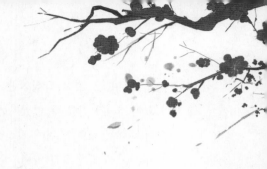

"대단하군……."

연합군의 천인장(千人將), 계달이 감탄했다.

그의 눈에 비치는 건 중원의 무림인, 그중에서도 압도적인 무위로 날뛰고 있는 주서천이었다.

식인 부족에 대한 소식을 처음 들었을 때, 솔직히 말해서 그대로 믿기에는 힘들었다.

예부터 청화 지방의 지휘관으로서 싸워 왔다. 그만큼 주요 부족과의 전쟁에도 경험이 많다는 의미다.

계달은 식인 부족이 얼마나 무서운 자들인지 안다.

그들의 이름만 들어도 몸서리쳤다. 기억 속의 공포로 새

겨질 정도의 괴물들을 고작 육십이란 숫자로 사망자 하나 없이 전멸시켰다는 걸 믿을 수 없었다.

'군사께서 세력을 모으기 위해 거짓말을 하셨군.'

승전 소식은 으레 과장되기 마련이다. 아군의 사기를 올리고, 적군의 사기를 낮추기 위해서다.

승자가 공적을 높이기 위해 부풀려 말하는 건 이상한 게 아니었다. 그것의 일환 중 하나라고 생각했다.

압도적인 승리를 거머쥐었다고 하면 참전할 세력도 늘어날 테니까.

전략 회의에서 주서천을 처음 봤을 때도 그 생각은 변하지 않았다. 아니, 도리어 의심까지 했다.

'식인 부족이 정말 이자에게 패한 것이 맞는가?'

어려도 너무 어렸다. 솔직히 말해서 삼십 대의 무인이 승리의 주역이라고 해도 믿지 못했을 거다.

그런데 중원인들 중에서도 특히나 어려 보이는 자가 그 남만의 사제를 이겼다는 게 믿기지 않았다.

정찰병을 보내 확인해 보니 식인 부족이 지도상에서 사라진 건 확실했다. 하지만 의문이 많이 남았다.

물론 그렇다고 주군인 여리의 목숨을 구해 준 은인에게 가서 무례한 질문을 할 수도 없는 노릇이었다.

별수 없이 찜찜한 마음을 남긴 채로 사원으로 왔는데 그의 무력을 두 눈으로 직접 보고 입을 벌렸다.

'아니, 저 어린 나이에 어찌 저렇게 강하지?'

전장을 종횡무진하는 검수. 그의 검 앞에선 그 무엇도 방해가 되지 못했다. 전부 일검에 베였다.

맹수의 가죽을 가공한 것도 살과 함께 갈라지면서 피를 흩뿌렸고, 달려드는 늑대의 머리는 주먹질 한두 번에 박살이 났다. 몇 마리, 몇 명이 덤비건 전혀 문제없었다. 그저 그 앞에선 속수무책으로 당했다.

추풍낙엽처럼 쓰러져 가는 야수 부족의 전사. 그것도 한 사람에게 저리 당한다는 게 충격적이었다.

그 외의 무림인들 역시 고강한 건 매한가지였으나, 그래도 수준이 달랐다. 머릿속에서 우레가 쳤다.

'이길 수 있다.'

계달은 정신을 차리고 보니 입가에 미소가 번지고 있다는 걸 깨달을 수 있었다.

주요 부족!

전장에 나서면서도 불안을 떨쳐 낼 수 없었다.

전력의 차이가 우세하지만 여전히 사기는 낮았다.

대수림 출신이라면 누구나 다 그 이름을 들으면 겁부터 먹는다. 나름 고수인 계달도 바짝 긴장한다.

마음 한구석의 불안감과 패배감. 그게 깊이 새겨져 지울 수 없었는데, 이제는 아니었다.

'이길 수 있다!'

두근! 두근!

심장이 뛴다. 밀림도를 쥔 손에 힘이 들어간다.

확신에 가까운 승리. 그 감각에 심취한 계달이 콧구멍을 벌렁거리면서 목청껏 외쳤다.

"자, 가자!"

계달이 밀림도를 휘둘렀다. 코앞까지 다가왔던 야수 부족의 전사가 막지 못하고 가슴을 허용했다.

푸슈슈슛!

벌려진 피부 사이에서 피가 분수처럼 솟구쳤다. 그 사이를 지나치고, 주변의 병사들에게 명령을 내렸다.

"이 기세다! 이 기세로 야만족에게 천벌을 내려주자!"

계달은 주서천의 등을 보고 희망을 품었다. 거리가 제법 됐는데도 이상하게 눈에 잘 들어왔다.

마치 골목 싸움에서 다 이긴 어린아이처럼, 이 들뜬 마음을 주체할 수가 없었다.

'드디어 설욕할 수 있겠구나.'

주요 부족과 숱하게 싸워 왔다. 대부분이 패배였다.

대놓고 모욕을 받으면서 도망친 적도 있었고, 형제처럼 지냈던 수하들이 무참하게 살해된 적도 있었다.

그럴 때마다 힘이 부족해 피눈물을 흘려 가며 후퇴했다.
계달은 그 원한을 결코 잊지 않는다.

"죽어 간 이들이 편히 쉴 수 있도록, 내 오늘이야말로 그
동안의 숙원을 풀……."

서걱!

"……어?"

계달은, 몸을 멈춘 채 생각을 잇지 못했다.

워낙 순식간에 일어난 일이라 머리가 상황을 따라가지
못했다.

눈을 껌뻑이다가 시선을 옆으로 돌렸다.

"팔이……."

없다.

적의 숨통을 끊을 칼이 없다. 칼을 쥐고 있던 손이, 팔이
없다. 어깨까지 깔끔하게 잘렸다.

어찌나 깔끔한지, 피 한 방울 흐르지 않았다. 미끄러워질
정도의 수준이다.

콰아아아앙!

그리고 뒤늦게 이어지는 폭음.

"으아악!"

"아악!"

"끄아아아악!"

후위에서 수하들의 비명이 들렸다. 그 비명이 멍한 정신을 깨우며, 무슨 일이 일어난 것인지 깨닫게 해 줬다.

정면에서부터 휘리릭 소리를 내며 양날 도끼가 맹렬하게 회전하며 날아온 것이 머릿속에 그려졌다.

자신의 팔을 너무나도 간단히 잘라 버리곤, 그 뒤에 있는 병력 한가운데에 떨어져 쑥대밭으로 만들었다.

"검은……."

알고 있다. 단 한 번, 저 도끼를 본 적이 있었다.

그때 저 도끼를 보았을 때, 괴멸에 가까운 타격을 입었다. 악몽이 떠올라 몸이 딱딱하게 굳었다.

잊고 있었던 사실이 떠올랐다.

야수 부족의 부족장.

"물소!"

"구오오오오오오오오!"

도끼의 주인, 검은 물소의 울음소리가 전장에 울렸다. 곳곳에서 일어나던 격전이 멈출 정도였다.

딱딱딱!

턱뼈가 부딪치면서 소리를 낸다. 털이 곤두서고, 몸이 사시나무처럼 떨어 대기 시작했다.

어떻게든 멈추려고 했지만 소용없었다. 이성이 마비되면서, 본능이 얼른 도망치라고 경종을 울렸다.

구 척에 가까운 거인. 도저히 사람으로 보이지 않는 체구. 그리고 그 기세는 폭풍과도 같다.

일당백. 아니, 일당천에 이르는 기백. 그 기백에 몸서리치며 손끝 하나 까딱할 수가 없었다.

"살려 주었더니 주제도 모르고 기어오르는구나. 이제 볼것도 없다."

쿵. 쿵.

검은 물소가 걸을 때마다 땅이 흔들린다. 그것이 두려움이 만들어 낸 착각인지, 진짜인지는 몰랐다.

뼈로 된 가면 사이로 짐승의 것을 닮은 동공이 타오르는것이 보였다.

마치 고양이 앞에 생쥐처럼, 꼼짝할 수가 없었다.

'더 이상 내버려 두는 건 위험하겠군.'

야수 부족은 대부분이 생각하지 않고 본능에 맡긴다. 그러나 검은 물소만큼은 다르다.

부족의 지도자가 되려면 힘 외에 지성도 요구된다.

'이대로 두면 후에 부족 간의 기 싸움에서 불리해진다.'

배나 되는 병력이었으나, 전혀 두려워하지 않았다. 하나같이 오합지졸일 테니 경계하지 않았다.

그러나 시간이 흐르니 생각보다 부족의 피해가 심했다.

패배하지는 않겠지만, 숫자가 줄게 되면 독충 부족이나

구희 부족에게 얕보일 가능성이 컸다.

그래서 구경하던 걸 멈추고 직접 나섰다.

장난은 이제 그만. 야수의 힘을 보여 줄 차례다.

"끝이다……."

"우린 다 죽었어……."

병사들의 입에서 절망이 흘러나왔다.

팔을 잃은 천인장 역시 암담해졌다.

잊었던 공포. 압도적인 무력. 방금 전에 보여 준 괴성까지.

머리가, 가슴이, 영혼이 말을 듣지 않았다.

저 멀리서 활약을 보여 주던 중원인에 대해서도 잊었다. 저들이 이 난전을 뚫고 이곳까지 오는 데 시간도 걸릴뿐더러, 애초에 도움이 될지도 의문이었다.

"자, 전부 쓸어 주마."

검은 물소의 몸 위로 시커먼 아지랑이가 흘러나왔다. 넘실거리던 실 자락이 하나가 되면서, 두꺼워진다.

특히나 눈에 띄는 건 물소의 거대한 뿔. 마치 그게 악마나 도깨비의 것처럼 느껴졌다.

끝이다.

저 뿔을 본 순간, 살아남는 자는 없었다.

분명, 검은 물소에 의해서 목숨을 잃을 거라고.

"구오오오오오!"

쿠구구구구!

검은 물소가 땅을 박찼다. 멧돼지, 아니 물소였다. 먼지 구름을 일으키면서, 지면을 쑥대밭으로 만든다.

대기의 벽이 꿰뚫리고 그 뒤로는 돌풍이 불면서 근처에 있는 이들을 피아 구분 없이 날려 버렸다.

"아……."

계달은 눈을 감았다.

그 옆과 뒤에 있던 수하들도 마찬가지였다. 피하고 싶었지만, 피할 수 없었다. 저건 죽음이었다.

사람은 죽음을 피할 수 없다. 받아들여야 한다. 감겨진 시야에서 지금까지의 인생이 주마등처럼 스쳤다.

콰아아아아아앙!

굉음이 터졌다. 고막이 떨어질 정도의 크기다. 마른하늘에 날벼락이 떨어진 착각이 들 정도였다.

그 충격의 여파도 보통이 아니었다. 사원을 둘러싼 수풀이 뿌리째 뽑혀 나갈 정도로 흔들렸다.

태풍이 한바탕 지나간 거리와도 같았다.

"어?"

그러나, 이상하게도 아무런 고통이 안 느껴졌다.

혹시 고통을 느끼기도 전에 죽은 건 아닌가 싶었지만, 그것도 아니었다. 몸의 감각이 여전하다.

머리카락을 헤집고 지나간 바람, 피부 위로 돋아난 닭살, 비릿하게 맡아지는 혈향까지 고스란히 남았다.

무언가 이상하다는 걸 느낀 계달이 눈을 떴다.

어둠이 걷히고 빛이 들어온 순간, 계달은 놀란 입을 다물지 못했다.

"이, 이건……."

눈앞에 사람이 있었다.

물소의 뿔을 붙잡고 버티고 있는 청년이 보였다.

그 등은 결코 넓다고 볼 수는 없었다. 물소에 비하면 몹시 좁았다. 하나 이상하게도 저 등이 남만의 어떠한 고목이나 커다란 잎사귀보다 크게 느껴졌다.

"왜 애꿎은 곳에 와서 힘자랑하고 그러냐."

청년, 주서천이 입꼬리를 말아 비틀어 웃었다.

"네 이놈……!"

검은 물소의 눈동자에 분노가 어렸다.

그 누구도 자신 앞을 막은 적이 없었다. 물소가 지나가는 길을 막는 자는 빈대떡처럼 납작해졌다.

검은 물소는 앞을 가로막는 자를 용서하지 않았다.

"이노오오오오오오오오옴!"

검은 물소가 냉정을 잃었다. 호수처럼 잔잔한 평정심이

무너졌다. 분노로 인해 눈이 벌겋게 충혈됐다.

혈압이 오르자 피부가 검붉게 달아올랐다. 콧방귀를 씩씩 내면서, 전진하기 위해 발을 열심히 놀렸다.

파바바밧!

왼발을 내디디고, 오른발을 내디딘다.

오른발을 내디디고, 왼발을 내디딘다.

발걸음을 서로 교차하며 달리고 또 달린다.

"후웁!"

주서천이 숨을 크게 들이쉬고 멈춘다. 내력을 폭발시켜 최대한 끌어 올렸다.

상완근이 부풀어 올랐다.

부웅

"어어?"

야수 부족의 전사들에게서 얼빵한 목소리가 나왔다. 그들이 눈을 휘둥그레 뜨고 입을 헤 벌렸다.

언제나 앞에서 모든 걸 부술 기세로 전진하던 검은 물소가 들렸다. 공중에 떠올라 직각으로 섰다.

주서천은 천근추의 요령으로 무게를 늘리고, 굳건한 두 다리를 기둥 삼아 버텼다. 그리고 폭발적인 근력을 이용해 뿔을 잡은 채 검은 물소를 들어 올렸다.

"설마……."

누군가의 중얼거림.

그리고 설마가 사실이 된다.

"으랴챠아아아아앗!"

주서천의 입에서 기합이 터져 나왔다. 그리고 그다음으로 이어진 행동은, 바닥으로 내리꽂는 거였다.

쿠와아아아앙!

"끄아아아아아악!"

야수 부족의 부족장, 검은 물소. 남만의 최강자가 어이없게도 뿔이 잡힌 채 바닥에 내리꽂혔다.

거의 구 척에 이르는 거구가 아래로 힘껏 떨어지니, 무게도 나가는 만큼 그 위력이 보통이 아니었다.

수직이 수평이 된다. 지면 위로 배가 부딪쳤다.

갈비뼈가 우지끈! 소리를 내면서 부러졌다. 조각난 뼈가 내장을 찌르며 피를 울컥 토해 내게 만들었다.

내공의 순환이 엉망이 된다. 뿔에 실린 강기가 안개처럼 흩어졌다.

'이런, 개새……!'

검은 물소가 고통 속에서 욕설을 내뱉었다. 얼른 벗어나기 위해 몸부림치려 했지만, 그러지 못했다.

"한 번 더 간다아아앗!"

주서천은 뿔에서 손을 놓지 않았다. 지반이 뒤집어지긴

했지만, 균형도 잃지 않았다.

검은 물소의 몸을 들어 올려 온 힘을 다해 한 번 더 내리 꽂았다.

콰아아아아앙!

"커허어억!"

검은 물소가 피를 울컥 토해 낸다. 어딘가 또 부러진 것 같은데 그게 중요한 게 아니었다.

칼에 베여도 생채기로 끝나는 그 단단한 피부와 근육조차 압도적인 충격에 버티지 못하고 파열했다.

뇌가 흔들리는 충격. 전 감각이 망가졌다. 힘 하나 제대로 낼 수 없다. 생각이 이어지지 못했다.

이윽고 무엇이 문제인지 깨닫고, 뼈로 된 가면을 벗으려는 순간, 그 육중한 몸이 다시 붕 떴다.

그리고 그다음 들려오는 절망 어린 말.

"물소 검법!"

주서천이 검은 물소를 잡은 채로 휘두르기 시작했다.

"으, 으아악!"

깨갱!

사람과 동물의 비명이 뒤섞여서 울려 퍼졌다.

주서천은 검은 물소를 마치 무기처럼 휘두르며, 눈앞의 적들을 쓸어 버렸다.

워낙 그 몸이 육중하다 보니, 사람이라기보다는 기둥을 뽑아서 휘두르는 모양새였다.

당연히 딱히 베이거나 하지는 않았지만, 위력이 보통이 아니라서 부딪치는 족족 튕겨져 날아갔다.

"저, 저게 뭐야!"

"부족장님?!"

야수 부족 진영에서 경악 어린 목소리가 터져 나왔다.

부족의 지도자를 검 대신 삼아, 마구 휘두르는 괴상망측한 광경을 보니 정신이 아득해지는 것 같았다.

"무, 무슨······?"

팔을 잃은 계달도 마찬가지였다. 고통이 느껴지지 않을 정도로 당황한 건지, 여전히 멍하니 서 있었다.

그 주변의 병사들도 공포 대신에 당혹감으로 움직일 수가 없었다.

"흐랴아아압!"

아군과 적군이 당황하건 말건, 주서천은 전혀 개의치 않으며 도리어 그 틈을 노려 공세를 퍼부었다.

야수 부족의 전사들은 모여 있는 인형이라도 된 듯, 주서천이 휘두른 검은 물소에 맞아 쓸렸다.

그야말로 추풍낙엽. 빗자루로 낙엽을 쓸어 버리는 것처럼 예닐곱 명씩 비명을 내지르며 나가떨어졌다.

해치우는 속도가 워낙 빨라, 순식간에 팔십 명이 어이없게 당했다.

"정신 차리시오!"

아직도 멍하니 있던 와중, 완채의 목소리가 고막을 후려쳤다.

"헛!"

계달이 뒤늦게 정신을 차렸다.

그러고 보니 아직 전장 한가운데 서 있지 않은가. 이럴 때가 아니다. 지금 이 기회를 놓칠 수 없었다.

품 안에서 거적때기를 꺼내 팔이 잘린 부위를 감아 출혈을 방지하고, 밀림도를 반대로 들었다.

주로 쓰던 손은 아니었지만, 그렇다고 불평할 수는 없다. 밀림도를 들 수 있는 것만으로도 행운이다.

"지금이다!"

계달이 목청을 높이며 고함쳤다.

"검은 물소가 당했다! 이때를 노려라!"

그의 고함이 전장에 울려 퍼지며 멍하니 있던 병사들의 정신을 깨웠다.

"대수림의 악도(惡徒)를 가만두지 마라! 연합군의 힘을 보여 주도록 하자!"

여리도 지지 않고 지휘봉을 세워 명령을 내렸다.

검은 물소의 패배 소식에, 청화 연합군의 사기가 하늘을 찌를 정도로 높아졌다. 그들의 입에서 천지를 뒤흔들 정도의 함성이 터져 나오며 전장을 메웠다.

깃발은 그 기세에 나부끼고, 고수는 북을 치면서 병사들의 가슴에 다시 불을 붙였다.

와아아아아아!

격전 탓인지 삼천의 숫자가 이천오백으로 줄어들었다. 중상자까지 포함하면 이천에서 이천백이다.

과연 야수 부족. 배나 되는 전력의 차이인데도 이 정도까지의 피해를 입힌 건 대단했다.

그러나 야수 부족 역시 피해가 큰 건 매한가지였다. 삼백 마리의 짐승은 백 이하로 떨어졌고, 전사들 역시 오백에서 육백밖에 남지 않았다.

무엇보다 크나큰 손실은 부족장의 부재. 부족 최강의 전사가 패배하니 사기의 하락도 그만큼 컸다.

야수의 세계에서 힘이란 건 중요하다. 그 힘의 상징성이 사라졌으니, 그 후유증도 남들보다 컸다.

"하하하하!"

단하성은 주서천이 날뛰는 걸 보고 웃었다.

그래도 단하성이기에 그냥 웃어넘길 수 있었다.

만약, 그가 보통의 정파인이자 검수였다면 주서천의 꼬

락서니를 보고 불쾌감을 숨기지 못했을 것이다.

사람을 검처럼 휘두르다니. 저건 검법도 뭣도 아니다. 결코 보기 좋은 행동은 아니었다.

단하성이 점창파라서 그러려니 하며 넘어가는 것도 있었다.

실전 무학으로도 이름 높은 점창파는 그 성향이 정파와 사파가 뒤섞여 있었다.

도가적인 수행보다는 전장에서의 실전을 중요하게 여기다 보니 가끔씩 정파의 예의에 어긋난 행위도 종종 아무렇지 않게 하곤 했다.

물론, 점창파의 입장에서도 기괴한 건 마찬가지나 목숨을 두 번이나 구해 준 은인이니 그냥 넘어갔다.

"크아악!"

"아악!"

형세가 완전히 뒤집혔다.

방금 전까지만 해도 연합군이 겁을 먹어 주춤거렸지만, 지금은 그 반대다. 야수 부족이 겁을 먹었다.

위에서 아래를 내려다보면 전세(戰勢)가 훤히 보였다. 승세는 연합군이 가져가고 있었다.

우두머리가 없으니 그 잔당을 처리하는 건 쉬웠다.

남만의 주요 부족이라 할지라도 족장을 잃고 배나 되는

전력 차를 어떻게 해 보는 건 어렵다.

특히나 눈을 번뜩이며 사람의 무리를 사냥하려던 짐승도 꼬리를 내리더니 슬금슬금 물러났다. 그걸 시작으로, 야수 부족도 지쳐가다 결국 후퇴를 시작했다.

"어딜!"

"야수 부족이 도망친다!"

"놓치지 마라!"

그러나 그걸 놓칠 연합군이 아니다. 그들은 주요 부족에 대한 원망이 큰 만큼, 도주를 용납하지 않았다.

몸은 삐걱거리고, 폐가 찢어질 것처럼 아프지만 적의 숨통을 끊기 위해서 몸을 날렸다.

그리고 한 시진 뒤. 사원의 위로 연합군의 깃발이 올라왔다.

야수 부족이 패배했다. 완패였다.

식인 부족처럼 전부 멸족한 건 아니었지만, 지도자를 잃고 흩어졌으니 사실상 망한 거나 다름없었다.

남만의 손꼽히는 대전사, 검은 물소 역시 사망했다.

소문에 의하면 검은 물소는 어떤 중원인의 손에 잡혀, 방망이처럼 휘둘리다가 목숨을 잃었다고 한다.

대전사답지 않게 굴욕적인 최후였다. 그 여파 탓인지 야수 부족의 사기는 나락까지 떨어졌다.

결국 오합지졸이 되어 도망만 치다가 연합군에게 잡혀 무참히 살해당하는 걸로 끝났다.

그리고 이 소식이 남만 전체에 퍼지는 건 순식간이었다.

"뭣이?"

남자의 얼굴이 분노로 일그러졌다.

"도대체 뭣들 하는 거야!"

천하고도 삼백 마리. 결코 적은 숫자가 아니었다.

그런데 멸족이나 다름없는 피해를 받았고, 그에 비해 적군인 연합군의 피해는 미미하기 그지없었다.

설사 졌다고 해도, 완패를 당해서는 안 됐다.

목적을 이루기 위해서라면 야수 부족이 시간을 조금이라도 끌어야 했다. 아니, 끌지 못해도 섣불리 덤빌 수 없도록 피해라도 입혔어야 했다.

그런데 어찌 된 영문인지 채 하루도 되지 않아 격전이 끝나 버렸고, 적의 숫자조차 큰 변화가 없었다.

이대로 두었다간 이천을 넘는 전력과 부딪치게 된다. 아무리 주요 부족이라 해도 전력 차가 심했다.

"이 일이 끝나면 독충이건 구희건 그 부족장 연놈들을 내 손으로 직접 찢어 죽이겠다."

안 그래도 부족한 전력을 셋으로 나누어 독립적으로 운

용한다고 들었을 때는 두 귀를 의심했다.

마음 같아서는 말리고 싶었지만, 자존심 높기로 이름난 자들인지라 어떻게 할 수가 없었다.

청화 연합군이 그다지 위협적으로 보이지 않는 건 이해하나 이번에는 중원인이라는 변수가 있지 않나.

무엇보다 삼천이라는 숫자를 우습게 봐도 너무 우습게 봤다. 그게 패인이었다.

"중원인들에 대해서는 알아 왔나?"

"아무래도 독봉이 와 있는 것 같습니다. 그 외에는 당가와 점창파라는 것을 알아냈습니다."

만약 이곳이 중원이었더라면, 그 정체를 보다 빠르고 자세하게 알았을지도 모른다.

그러나 이곳은 남만이다. 서로 관심이 그렇게까지 없다 보니 제대로 알려진 게 별로 없었다.

널리 알려진 것이라곤 중원에서 누군가를 찾으러 온 수색대의 무위가 상상 이상으로 대단하다는 사실 정도였다.

"설마 그게 끝이라는 건 아니겠지?"

"죄송합니다."

"한심한 놈."

지금은 전장을 살펴보지 못할 정도로 바쁘다. 손이 워낙 부족해서 한 사람 한 사람 인재가 중요했다.

"신의는?"

"만독지에서 독정을 손에 넣었다고 합니다. 다만 돌아오는 데 닷새 정도는 걸릴 것 같습니다."

수하가 손바닥 위에서 꿈틀대는 벌레를 보여 줬다.

음저충(音貯蟲)이라는 벌레인데, 특이한 특성을 지녔다. 수컷이 번식기가 되면 주변의 소리를 무작위로 저장했다가 마찬가지로 번식기인 암컷에게 찾아가 전달하는데, 독충 부족은 이 특성을 이용해 중원의 전서구처럼 전달 체계로 사용했다.

"구희의 연단술, 독충의 독정."

남자가 입술을 혀로 적시며 기분 나쁘게 웃었다.

"얼마 남지 않았다. 이것만 완성되면 이 지긋지긋한 남만도 이제는 안녕이다."

남만은 끔찍한 곳이었다. 열대 지방이다 보니 가만히 있으면 덥고, 습하고, 짜증이 솟구쳤다.

가만히 있으면 덥지 않다고 지껄이는 자는 전부 잡아서 족쳐야 했다. 그 정도로 짜증 나는 곳이었다.

하루라도 빨리 돌아가고 싶은 마음뿐이었다.

"신의는 어떻게 할 예정입니까?"

"살려 둬라. 그리고 연합군이 쳐들어오면 최대한 보고하도록 하라. 나는 연단에 집중하도록 하지."

                    *   *   *

　나흘 뒤 만독지 근방.

　연합군의 깃발이 바람에 펄럭였다.

　삼천의 병력은 사상자와 중상자를 제외하곤 이천이 남았
다. 그래도 잃은 것에 비해 대승을 거두었다.

　검은 물소의 사망. 그리고 야수 부족의 멸족이었다.

　주요 부족이 이를 듣고 경계를 높였다.

　만독지의 독충을 지배하에 둔 부족과, 불과 불사에 가까
운 생명력을 지닌 부족이라 해도 긴장했다.

　아무리 하나하나가 일당백이라 불릴 정도로 대단하다 할
지라도, 부족을 전부 합해 봤자 팔백 명이다.

　그에 비해서 적은 이천이나 된다.

　얼마 전까지만 해도 오합지졸이라 무시했지만, 그 오합
지졸이 주요 부족 최대 세력 한 곳을 박살 냈다.

　이제는 무시만 할 수는 없는 노릇이었다.

　꿀꺽.

　누군가가 긴장됐는지 침을 삼켰다. 그러나 그 얼굴에 공
포는 없었다. 대신 투지가 불타올랐다.

　"독충과 구희인가……."

주서천이 턱을 매만지며 정면을 주시했다.

앞장을 서고 있는 건 구희 부족이었다.

타오를 것처럼 붉은 머리가 특징이었는데, 왠지 모를 신비감이 묻어나는 부족이었다.

그들은 수풀 앞에 서서 입을 꾹 다문 채 서 있었고, 그 뒤너머로는 음습한 분위기의 사람들이 보였다.

대충 세어 보니 오백여 명 정도 되는 듯싶은데, 숫자나 분위기를 보아하니 독충 부족이 틀림없었다.

청화 연합군 대 주요 부족.

그 사이에는 거센 물살이 흐르는 강이 있었고, 각 병력이 둘로 나누어진 채 서로를 노려보는 중이었다.

서로 간의 흐르는 고요한 침묵.

그리고 그 침묵을 먼저 깬 것은 남만인이 아닌 중원인이었다.

"만나서 반갑다!"

중원인, 주서천이 손에 쥔 무언가를 휙 던졌다.

그것은 포물선을 그리며 강을 넘어 전사들의 눈앞에 떨어져 바닥을 데굴데굴 굴렀다.

그리고 그것의 정체를 본 순간, 입에서 탄성이 흘러나왔다.

"검은 물소……!"

검은 물소의 상징, 뼈로 된 물소의 가면.

일반적인 물소에 비해 배나 되는 뿔을 보면 확실했다. 이건 검은 물소의 영혼 그 자체다.

"네놈이냐?"

전방의 중앙, 구희의 여족장이 위엄 어린 표정으로 물었다. 그 눈에는 약간의 호기심이 감돌았다.

소문에 의하면 검은 물소의 앞을 막아서고, 정면으로 부딪쳐 승리했다고 한다. 그게 정말인지 궁금했다.

또한, 그는 그 식인귀의 사제에게도 승리했다고 한다. 도저히 믿기지 않는 사실이었다.

"그래, 나다!"

주서천이 다른 손을 들었다.

"헉!"

"저건……."

다시 한 번 놀란 목소리가 흘러나왔다.

섬뜩한 분위기를 내는 뼈로 된 지팡이. 그 원주인이 누구인지는 묻지 않아도 잘 알고 있다.

"저렇게 어린 자가 사제와 검은 물소를 이겼다고?"

두 눈으로 봐도 믿기지 않았다.

분명 머리에 뿔이 달리고, 근육은 과할 정도로 부풀어 오르고, 구 척 정도 되는 사내를 떠올렸다.

"말도 안 돼! 믿을 수 없다! 라는 식상한 반응은 시간상 부족하니 생략하도록 하자!"

주서천의 검에서 강기가 넘실거리며 빛났다.

"우리는 싸우러 온 게 아니다!"

와아아아아아!

"이기러 왔다!"

第十章
구희천적(嫗姬天敵)

둥! 둥! 둥! 둥!

쿵! 쿵! 쿵! 쿵!

북소리에 맞춰 이천의 병력이 발을 구른다. 연합군의 무리가 땅을 흔들며 앞으로 천천히 전진했다.

"정지!"

계달이 왼손을 들어 이동을 제지했다. 병력이 멈춘 걸 확인한 그는 당혜에게로 시선을 돌렸다.

"소저, 부탁드리겠소."

당혜가 고개를 끄덕이고는 강 앞으로 걸어갔다. 그녀의 뒤로 당가의 무사들이 따랐다.

빠지면 그대로 휩쓸려 갈 것 같은 거센 물살. 그 물살 위로 손바닥만 한 호리병이 떨어졌다.

풍덩.

그 뒤로 당가의 무사들도 호리병을 물살에 던졌다.

그리고 얼마 뒤, 물살 위로 무언가가 떠오르기 시작했는데 바로 나방의 유충이었다.

전체가 날카로운 가시로 뒤덮였고, 덩치도 배는 컸다. 색은 거무튀튀했다.

한두 마리가 아니었다. 족히 수백, 수천 단위에 이르는 숫자였다. 강이 순간 변색될 정도였다. 몇 마리가 강 위로 기어오르자, 당혜가 살포시 밟아 터뜨렸다.

핏물이 터져 나오면서 습기 가득한 바닥을 녹이거나 하지 않았지만, 인체에 들어가면 죽음에 이른다.

"정찰병을 보내기를 잘했군."

완채가 안도의 한숨을 내쉬었다.

전쟁에 하려면 사전 답사는 필수다. 얼마 전에 정찰병을 보냈을 때 강에 독벌레 천지란 걸 알게 됐다.

그래서 당가에게 처리를 부탁했다.

"돌격!"

여리의 지휘봉이 정면을 향했다. 멈춰 있던 병력이 다시 움직이기 시작했다.

"잘난 벌레가 힘 하나 못 써 보고 죽었는데, 이걸 어찌해야 할꼬."

여족장이 들으라는 듯이 크게 비웃었다.

그녀의 뒤편 빽빽하게 늘어선 나무 사이에서 청년이 모습을 드러냈다.

잘생기지도, 못생기지도 않은 외모. 음습한 분위기를 물씬 풍기는 청년이 바로 독충 부족의 족장이다.

"흥."

충왕(蟲王)이 마음에 안 드는 듯 입술을 곱씹었다.

"사천의 당가인가."

고수와 고수는 서로 알아본다 하지 않던가.

충왕은 당가의 무리를 보고 한눈에 알아봤다.

당가는 남만은 잘 몰라도 만독지는 안다. 독충 부족도 중원은 잘 몰라도, 독혈곡과 당가는 안다.

서로 독에 일평생을 매진한 만큼, 독에 대한 건 타지에 대해서도 알아본 적이 있었다.

"그래 봤자 잔재주다."

충왕이 코웃음 쳤다.

그가 지닌 독에 대한 자부심은 하늘을 찌를 정도로 높다. 중원에서 독으로 이름 높다고 해 봤자, 독충 부족에 비해선 조족지혈에 불과하다며 폄하했다.

"와라. 벌레들의 먹이로 던져 주마."

충왕의 입가에 징그러운 미소가 번졌다.

청화 연합군이 강을 건넜다. 물살이 거세지만, 못 건널 정도는 아니었다.

평소 같으면 저주받은 땅에 대한 두려움에 감히 발을 내딛지 않았겠지만, 전시라 그런지 그럴 틈이 없었다. 눈앞의 구희와 독충 부족의 움직임에 집중됐다.

주요 부족은 연합군이 강을 건넘에도 훼방을 놓지 않았다. 여전히 제자리를 지키는 중이었다.

두려워서가 아니다. 그렇다고 오만해서도 아니다.

독충 부족의 힘은 만독지의 독물에서 나온다. 그래서 숲 밖으로 떠나지 않는 편이 더 좋았다.

구희 부족은 독충 부족처럼 환경에 제한되는 건 아니지만, 그들과의 연계 탓에 일부러 움직이지 않았다.

와아아아아!

연합군의 함성이 쩌렁쩌렁하게 울려 퍼졌다. 어찌나 큰지 수림의 나뭇가지를 흔들 정도였다.

강을 건넌 연합군은 하체가 물로 젖어 있음에도 신속하게 움직여 적진에 뛰어들었다.

"이야아아압!"

"죽어라!"

싸울 의지로 가득 찬 외침. 그리고 살의의 폭풍이 뿜어져 나오면서 격전이 시작됐다.

채채챙!

연합군의 밀림도와 구희 부족의 밀림도가 부딪치면서 날카로운 금속음을 냈다. 한두 번으로 시작된 소리는 이윽고 천이 넘게 되면서 마치 서로 공명하듯 시끄럽게 울어 댔다.

"아악!"

"크아아악!"

"내 팔!"

그러나 그 금속음도 잠시, 이윽고 병사들의 입에서 터져 나오는 비명에 묻혔다. 전쟁의 시작이었다.

청화 연합군은 얼마 전 대승을 거두었으나, 자신감에 차 있을지언정 결코 자만에 빠지지는 않았다.

주요 부족에게 힘으로 굴복당한 세월이 긴 만큼, 그들의 힘을 얕보지 않고 최대의 위기로 경계했다.

전력의 차가 두 배 이상 나지만 엉덩이에 힘을 팍 주고, 긴장감을 쥔 채 진지한 태도로 임하였다.

하나 그럼에도 불구하고 주요 부족을 쉽게 이길 수 없었다. 그들은 숨 막힐 정도로 강맹했다.

특히나 구희의 힘은 공포 그 자체였다.

"아악!"

"뜨거워!"

"내 몸, 내 몸!"

강물에 담갔던 하반신은 일찍이 말랐다. 격전 탓이 아니다. 구희 부족에 의해서였다.

구희의 피를 이은 자는 특별한 힘을 발휘할 수 있다. 불과 불사에 가깝다는 재생력이다.

그러나 부족의 숫자가 적고, 앞에 잘 나서지 않다 보니 그 능력을 두 눈으로 확인한 자는 적었다.

그래서 반신반의하고 있었는데, 직접 맞대 보니 그 소문의 힘의 정체를 알 수 있었다.

열기(熱氣)!

불의 정체는 열기였다. 닿으면 화상을 입어 버릴 정도의 열기를 마음대로 주무를 수 있었다.

칼에 베이면 마치 대장간에서 달군 쇠에 베인 것처럼 녹아내렸고, 가끔씩 불이 붙기도 했다.

"호호호!"

구희의 여족장이 턱을 세우며 웃음소리를 흘렸다.

"고작 사람 따위가 구희의 후예에게 도전장을 내밀다니! 어리석도다! 주제를 알거라!"

화르르륵!

남만의 지독한 열기가 구체화됐다. 괜히 '불의 화신'의 후예를 자칭하는 게 아니다. 그만한 능력이었다.

"정말로 신의 후예란 말인가?"

"어떻게 이기라는 거야!"

"아악! 물! 물!"

몇몇의 병사는 고통에 실성한 것인지 등을 돌려 강으로 뛰어들었다. 물살에 쓸려 실종된 이들도 생겼다.

과연, 일당백의 전사들. 괜히 삼백이란 적은 숫자로 남만의 주요 부족이 된 게 아니란 걸 여실히 보여 주고 있었다.

"으으으……"

연합군 측에서 공포에 짓눌린 목소리가 흘러나왔다. 사기가 눈에 띄게 떨어지려 한다.

남만은 주술이 발달해서 그런지, 미신이라거나 전설에 관한 영향을 쉽게 받는다. 적이 신의 후예란 걸 상기하니 적의가 사라지면서 겁에 질리기 시작했다.

애초에 접근만 하면 열기에 닿아 공격조차 제대로 할 수 없다는 점이 컸다.

창으로 어떻게 해 보려 해도 몸놀림이 워낙 재빨라, 빠르게 피하고 열기로 공격해 오니 속수무책이었다. 아무것도 할 수 없는 무력감이 치솟았다.

"허어, 이런……."

중원의 수색대도 기이한 힘에 당혹했다.

점창파 역시 별별 실전을 겪었지만, 구희의 힘은 처음이었다. 특이한 힘에 어찌 대항할 줄 몰라 했다.

연합군처럼 일방적으로 당하진 않았지만, 버거워하는 모양새로 싸웠다.

"호호홋!"

여족장의 콧대가 세워졌다.

그러나 잘난 척하는 것도 잠시였다. 혼란과 공포 속에서 유일하게 멀쩡한 사람이 존재했다.

"뭐야, 마교 애들이랑 비슷하잖아?"

주서천이 심드렁한 표정으로 중얼거렸다.

"당가! 점창파! 당황할 것 없소!"

상황이 급박하니 경어는 생략했다.

"마교의 염화살마를 떠올리시오!"

"……아!"

남만인은 알아듣지 못했지만, 중원인은 무언가 떠올랐는지 각자 입에서 탄성이 흘러나왔다.

그러고 보니 중원, 아니 엄밀히 말하자면 신강의 마교에도 구희와 비슷한 힘을 지닌 이들이 존재했다.

이 년 전, 칠검전쟁에서 마도의 주력 부대로 참전했던 소살대(燒殺隊)다.

천하백대고수로도 이름이 알려진 마두, 염화살마가 이끄는 그들은 불꽃까지 내뿜는 마공을 익혔다.

그들은 악명이 알려진 만큼 대처하는 법도 잘 알려져 있었는데 그 방안이란 게 실로 간단했다.

"열기를 내뿜을 수 있는 건 한쪽 방향뿐이오!"

주서천은 연합군이 들을 수 있도록 목청이 찢어져라 소리쳤다.

"최소 셋에서 넷이 짝을 지어 합격한다!"

덧붙인 설명은 없었다. 그러나 모두가 이해했다.

열기를 낼 수 있는 건 오직 한곳뿐이다. 다르게 말하면 그 외의 방향은 틈이 생긴다는 의미다.

요컨대, 미끼가 되어 정면을 봉인하면서 그 외의 방향으로 동시에 공격을 하면 된다.

"……!"

방금 전까지 의기양양했던 여족장의 얼굴이 굳었다.

"열기에 지레 겁먹치만 않는다면 그다지 어렵지 않다! 적은 신의 후예가 아니다! 야만족일 뿐이다!"

"저 입을 막아라!"

여족장이 주서천을 죽일 듯이 노려보며 소리쳤다.

파바밧!

근처의 구희 부족 전사가 여덟 명이나 뛰쳐나갔다.

그들의 힘은 열기만이 아니다. 신체 능력도 뛰어나다. 그 몸놀림은 야수 부족 못지않게 재빨랐다.

퇴로도 허락하지 않겠다는 듯, 순식간에 포위망을 형성해 그를 중심으로 빙글빙글 돌았다.

주서천은 눈을 가늘게 뜨고 감각에 의지했다. 뒤에 눈이 달린 것도 아닌데 구희 부족 전사의 움직임을 포착했다. 여덟 명이 조금씩 거리를 좁혀 오는 것도, 손에 쥔 밀림도를 어떻게 움직이려는지도 느꼈다.

후끈!

여덟 개의 밀림도가 불에 달군 것처럼 벌겋게 달아올랐다. 도신이 시뻘게지며 극열을 뿜어냈다.

대기가 달아오르는 게 느껴진다. 머리 위의 태양이 가까워지는 게 아니다. 밀림의 기후는 변화가 없다.

열기의 정체는 팔방(八方). 약간의 틈도 용납하지 못하겠다는 의지가 느껴졌다. 일종의 합격진이다.

'과연.'

발열의 방향은 일직선이다. 옆도 뒤도 아닌 앞. 이 약점을 보완하기 위해 수를 늘리고 포위를 택했다.

더더욱 무시무시한 점은 열기가 빠져나가지 않고, 한곳에 모이면서 확산되어 위로 향한다는 것이다.

이제는 위로도 뛸 수도 없다. 몸이 녹아내릴 정도의 열기가 모이면서 그를 압박하리라.

그러나……

"음. 뜨듯하군."

주서천이 땀 한 방울 흘리지 않고 포근하게 미소 지었다. 정말로 편안해 보이는 웃음이었다.

"……?"

회전하면서 열의 회오리를 만들어 내던 여덟 명이 도저히 이해할 수 없다는 표정을 지었다.

아무리 대단한 무인이라 할지라도, 이 열기의 회오리 앞에선 화상을 입어야 한다. 그게 정상이다.

그런데 주서천은 화상은커녕 땀도 흘리지 않았다. 아니, 도리어 기분 좋다는 듯이 웃기까지 했다.

"미안하다. 나 사실 한서불침이다."

더위나 추위를 느끼지 않는다는 건, 열기나 냉기에 면역이라는 의미다. 별다른 영향을 끼치지 않는다.

얼마 전에 사제의 불꽃이나 열기처럼 반칙적인 힘이라면 모를까, 이 정도에는 끄떡도 하지 않았다.

주서천은 여덟 명의 전사가 경악 어린 표정을 짓기도 전에 제자리에서 검을 휘둘러 원을 그렸다.

슈슈슛!

검에서 흘러나온 기의 자락. 검기가 열기를 갈라내면서 깔끔하게 없애 버렸다.

"뭐, 뭣……?"

부족 내에서도 나름대로 이름 높은 전사들이 당황했다. 여덟 명이 막아 내려고 급히 밀림도를 세웠다.

파바밧!

"끄아아악!"

그러나 적수가 안 좋아도 너무 안 좋았다.

피하려고 해도 너무 가까워진 게 흠이었다. 심지어 틈을 안 주려고 서로 빽빽하게 자리 잡고 있었다.

그걸 놓칠 주서천이 아니다. 밀집된 걸 노려서 여덟 명이나 되는 전사를 일검으로 목숨을 끊었다.

"시간 끌지 말고 금방 끝내자."

주서천이 여족장을 향해서 몸을 날렸다.

구희 부족은 천적(天敵)을 만났다.

"막아랏!"

"감히 누구에게 덤비려는 것이냐!"

십수 명의 구희 부족 전사가 앞을 가로막았다.

주서천의 눈동자가 좌우로 빠르게 움직였다.

'열둘.'

하나같이 최소 일류에 이르는 전사들이다. 심지어 대부

분이 절정에 이르는 고수들뿐이었다.

몸놀림 역시 재빠르지만, 못 따라갈 정도는 아니었다. 평소의 비무 상대인 소령에 비하면 하품이 나올 정도로 느렸다. 주서천이 그 사이로 몸을 날렸다.

화아아악!

안면을 덮치는 열기. 원래라면 피부가 달아올라야겠지만, 자신에게는 해당되지 않는다.

십수 명이 동시에 뿜어낸 열풍을 아무렇지 않게 스쳐 지나가고, 달려드는 전사들에게 검격을 쏟아 냈다.

"아아악!"

터져 나오는 비명. 두말할 것도 없이 구희 부족의 전사들이었다.

'어떻게 된 거지?'

'어째서 열기에 아무런 영향을 받지 않는 거냐!'

구희 부족은 부모의 이름을 말할 무렵부터 열을 발출하는 능력을 갖게 된다. 예외는 하나도 없다.

이 강력한 힘 덕에 주요 부족에 당당히 자리 잡을 수 있었다. 그런데 그 근원이 통하지 않는다니.

"하압!"

주서천이 잔상을 남기면서 재빠른 움직임을 보였다. 그의 손에서 이십사수매화검법이 펼쳐졌다.

대여섯 명이 한꺼번에 피를 흩뿌리며 쓰러지더니, 나머지 인원도 버티지 못하고 쉽게 쓰러졌다.

'생각대로 수비에는 약하군.'

구희 부족의 싸움법은 극단적일 정도로 공격에 치중되어 있다. 열기를 방출하면서 접근을 하지 못하게 만드니, 굳이 방어에 신경 쓸 필요가 없다고 생각하여 공격을 중심으로 발달됐다.

유일하게 방어의 역할을 하는 열기가 통하지 않으니, 팔을 벌린 채 공격을 받아들이는 거나 다름없다.

열기를 제외하면 동수의 공격도 제대로 막지 못하는데, 하물며 적이 고수라면 두말할 것도 없다.

화산의 검이 번쩍일 때마다 구희 부족의 전사들은 비명을 내지르면서 죽어 나갔다.

벌써 이십여 명이나 넘게 쓰러졌다. 그것도 나름 정예라 불리는 이들이었다.

"비켜라!"

여족장이 무거운 엉덩이를 들며 드디어 움직였다.

격렬하게 흘러가는 전황 속에서도 눈에 돋보이는 미모였다. 역시 눈에 띄는 건 붉은 머리카락. 중원에서는 보기 드문 단발이었다. 눈은 적갈색이었고, 불을 담은 것처럼 이글이글 타올랐다. 눈초리가 치켜 올라가 인상을 사납고 강인하게 만드는 데 한몫했다.

연령을 보면 이십 대 후반에서 삼십 대 초반. 들어갈 때
는 들어가고, 나올 때는 나온 육감적인 몸매였다.

기후가 기후라서 그런지 천의 면적이 좁았는데, 태양에
잘 그을린 피부와 일자형 복근이 훤히 보였다.

"쓸모없는 것들!"

여족장의 불호령이 떨어졌다. 그녀 주변을 호위하듯 지
키고 있던 전사들이 머리를 숙이며 물러났다.

"중원에서 온 무림인이라고 했느냐. 검 솜씨가 제법이로
구나. 좋다. 이름을 말해 보아라."

"주서천."

남만에서 온 이후로 처음으로 이름을 대는 것 같았다.

"그 이름, 기억해 줄 테니 기뻐하도록 하여라. 자비를 베
풀어 비석 정도는 세워 주겠느니라. 또한, 본 녀의 이름을 들
을 영광을 내리도록 하마. 본 녀의 이름은 구요(嫗妖)이니
라."

"그래."

타앗!

주서천이 들은 척도 하지 않고 뛰쳐나갔다. 한가하게 잡
담 떨 생각은 없었다.

"건방진 것!"

구요가 노성을 내뱉으면서 칼을 세웠다.

화르륵!

도신이 시뻘겋게 달아오르는가 싶더니 이윽고 화염이 넘실거리면서 칼을 휘감았다.

열기도 보통이 아니었지만, 눈에 확연히 보이는 불꽃을 만들어 낸 것이 더 대단했다.

채앵—!

주서천의 검과 구요의 굽은 칼이 부딪쳤다.

금속음이 길게 늘어짐과 동시, 그 충격의 여파가 파도가 되어 주변을 뒤덮었다.

"윽!"

근처에 있던 전사들이 눈살을 찌푸렸다. 복부 아래가 욱신거릴 정도로 그 여파의 세기가 대단했다.

'도강인가.'

주서천이 입술을 혀로 적셨다. 그 눈동자에 약간의 긴장감이 감돌았다.

불꽃을 휘감은 줄 알았는데, 자세히 보니 붉은 기가 도신을 둘러싸 중첩된 게 보였다.

주요 부족의 족장은 곧 부족 내의 최강자이다. 강기를 쓸 수 있다고 해도 이상하지는 않다.

"하아아앗!"

구요가 소리 높여 기합을 내뱉음과 동시에 열기, 아니 화염을 뿜어냈다. 도신의 불꽃이 커졌다.

'과연. 최소 화경의 고수라는 건가.'

주서천의 이마에 땀방울이 송골송골 맺혔다.

한서불침의 한계를 넘어설 정도로의 열기. 바닥에 자란 잡초에 불이 붙어 타오르는 게 보였다.

쐐애액!

한가하게 잡초 따위를 볼 때가 아니었다. 불꽃을 휘감은 칼날이 뒤로 빠졌다가 앞으로 수직을 그었다.

꿈틀거리는 불꽃과 다르게 직선을 그려 내는 칼. 그 위력도 속도도 군더더기 하나 없이 대단하다.

야수 부족의 검은 물소도 강기를 실을 수 있는 화경이었지만, 힘만 앞선 짐승에 불과했다. 그에 비해 구요에게는 검은 물소에게는 없는 기교가 있었다.

채애앵!

중원의 검과 남만의 칼이 부딪치면서 불꽃을 토해 낸다. 약간의 불씨가 아니다. 구희 부족의 불이다.

구요는 불처럼 맹렬한 기세로 칼을 휘둘러 왔다. 숨을 쉴 틈은 있는 건지 의아할 정도로 격렬했다.

챙! 채앵!째애애앵—!

길게 늘어지는 마찰음. 그러나 곧바로 고막을 후려치는

금속음이 들려왔다. 구요의 칼이 곳곳을 노려 온다.

주서천은 섣불리 나서지 않았다. 구요가 화려하고 맹렬하게 퍼붓는 도격을 막는 데 집중했다.

만약, 전장이 아니라 비무 대회였다면 막는 데만 급급하여 일방적으로 당하고 있다고 봤을지도 모를 정도였다. 그러나 밀어붙이고 있는 측의 표정이 썩 좋지 못했다.

'피하는 게 아니라, 전부 받아치고 있다고?'

여인이라고 힘이 아닌 기교 위주의 칼일 것이라고 생각하면 큰코다친다. 그녀의 힘은 상상 이상이다.

남만을 뒤져 봐도 이 칼을 받아친 자는 검은 물소를 제외하곤 없다. 놀라는 것도 이상하지 않았다.

"어디, 이것도 잘 받아 내는지 보겠느니라!"

구요의 위엄 어린 목소리가 우레처럼 터져 나왔다.

"하아아앗—!"

도병을 쥔 손에 퍼런 핏줄이 툭 튀어나왔다. 도신을 휘감은 불꽃이 일순간 폭발하며 넘쳐흘렀다.

일순간이지만 화염에 휩싸이면서 길이가 늘어났다.

뿜어져 나오던 열기도 비교도 안 될 만큼 커졌다.

"과연!"

주서천도 놀라운 눈초리로 몸을 옆으로 날렸다. 신행백변 덕에 태세의 전환이 물 흐르듯 자연스러웠다.

몸놀림조차도 재빠르다. 마라의 혀처럼 넘실거리던 불조차 주서천에게 닿지 못했다.

"피, 피해?"

구요가 처음으로 당혹스러운 목소리를 냈다.

여태까지 피하는 모습, 아니 그 시늉조차 없었다. 그래서 이번에도 그럴 줄 알고 최대의 일격을 냈다.

한데 이게 웬일인가. 강직하게 받아 내던 모습은 어디다 팔았는지 순식간에 돌변해선 몸까지 날려 피했다.

"본 녀를 감히 능멸하다니!"

구요의 얼굴이 악귀처럼 일그러졌다.

"……?"

주서천이 뭔 개소리를 하냐는 표정을 지었다.

"그동안 피하지 않고 받아 내지 않았느냐!"

"하?"

"내 그 점을 높이 사 경의를 담아 일도를 날렸거늘, 어찌하여 받아치지 않았느냐!"

"뭔 헛소리야? 위험하면 피해야지!"

주서천이 코웃음 치며 구요에게 접근했다.

"본 녀의 경의를 무시하다니, 용서하지 않겠다!"

최선의 방어는 공격.

구요에게 수비란 존재하지 않았다. 주서천이 공세를 펴

붓기 전에 한발 앞서 공격을 쏟아 냈다.

우측 위에서부터 좌측 아래를 향하는 대각선. 대기를 둘로 나누는 것뿐만 아니라 공기까지 태웠다.

"후웁!"

주서천이 숨을 들이쉬며 멈췄다. 힘을 팍 주자 힘줄이 도드라졌다. 맥박이 빨라졌다.

한 걸음, 아니 열 걸음 전진. 일순간 무게를 가볍게 해 구요의 품 안으로 파고들었다.

"……!"

구요가 하마터면 호흡을 잃고, 놀란 목소리를 낼 뻔했다.

'아뿔싸!'

구희 부족에게 두려움은 없다. 그 성질은 싸움법에도 고스란히 녹아들었다. 열기를 내뿜는 특징 덕이다.

적수를 마주 보고, 순식간에 파고들어 일차적으로 열기를 쏟아 낸다. 그러면 적이 알아서 접근의 위험성을 깨달으면서 뒤로 물러난다. 이게 일초식이다.

사실상 이 일초식은 허초에 불과하다. 다음으로 이어지는 이초식을 위한 낚시일 뿐이다.

열기에 맞서지 않고 거리를 벌려 피하는 게 예상된다면 그 움직임에 맞춰 거리를 계산해 이초식으로 목숨을 끊으면 그만이다. 실제로 대부분이 먹혔다.

그러나 한서불침인 주서천에게만 통하지 않았다.

실제로 처음부터 피하지 않고 전부 받아치니, 그다음 초식도 제대로 이어지지 못했다.

그렇지 않아도 방어란 게 없는 구희 부족인데, 공격조차 제대로 잇지 못하니 손쉽게 당해 버렸다.

구요야 워낙 고수인지라 어떻게든 공격을 이어 갔지만, 동수에게 통할 정도의 수준은 되지 못했다.

주서천은 이 점을 공수를 교환하면서 눈치채고, 흉부를 노리고 들어오는 일초식인 허초를 무시했다.

설사 같은 화경이라 할지라도 정면의 열기를 무시하지 못하는 게 정상이지만, 주서천은 달랐다.

구요는 주서천과 상성이 안 좋아도 너무 안 좋았다. 동수여도 힘든데, 상성 면에서 지고 들어갔다.

일초식 다음 이어지는 이초식은 좀 더 거리가 멀어진 상대를 위한 것. 그런데 그 대상이 품 안에 파고들어 오며 공격해 오니 제대로 막아 낼 수 있을 리가 없었다.

쐐—액!

등골이 오싹할 정도로 섬뜩한 파공음. 주서천의 애검, 태아가 점창파도 감탄할 만한 찌르기를 선보였다.

푸욱!

"커헉……!"

구요의 입에서 옅은 비명이 흘러나왔다. 굽어진 칼을 쥔 손에서 힘이 풀렸다. 불꽃도 사그라졌다.

사나운 눈매 안에 숨겨진 적갈색 눈동자에 비치는 건 오른쪽 가슴에 구멍을 낸 주서천의 검이었다.

"감히, 감히이이!"

구요가 목소리를 쥐어짜 내며 눈을 불태웠다. 그녀는 가느다란 손가락을 들어 그의 검을 쥐어 잡았다.

검이 피부를 파고들며 피가 흘러나왔지만, 전혀 개의치 않았다. 도리어 꽉 붙잡아 고정했다.

"충왕!"

"하하하하하!"

후위에서부터 기분 나쁜 웃음소리가 터져 나왔다.

"내 살다 살다 구희의 여족장이 도움을 청하는 걸 들을 줄이야!"

사각사각사각!

무언가를 갉아먹는 소리. 그 소리의 정체는 수백, 아니 수천에 이르는 벌레들이 움직이는 소리였다.

호승심이 많은 구요는 싸움이 일어나기 전, 독충 부족의 지도자인 충왕과 어떤 거래를 했다.

식인 부족의 사제, 야수 부족의 검은 물소를 쓰러뜨린 자와 싸우고 싶으니 훼방 놓지 말라고 말이다.

충왕은 마음대로 하라고 했지만, 그래도 주요 부족이 망하는 꼴은 보고 싶지 않으니 위험하면 끼어들겠다고 말했다. 구요는 그럴 일은 없을 것이라며 호언장담했으나, 상황은 다르게 흘러갔다.

"이 빚은 잊지 말거라, 구희의 족장이여!"

"크읏!"

구요의 낯빛이 치욕으로 벌겋게 달아올랐다.

충왕의 수족인 벌레가 수풀에서 기어 나왔다.

꺼멓게 우글거리는 벌레 떼가 순식간에 이동해 주서천의 발등을 뒤덮으며 순식간에 머리까지 집어삼켰다.

그리고 그 순간.

"너희, 나랑 상성이 많이 안 좋구나?"

얼굴을 감싼 벌레 떼가 옆으로 물러나며, 주서천의 한쪽 눈이 드러났다.

그 눈동자는, 어째서인지 옅은 녹색을 띠고 있었다.

"혹시, 천독불침이라고 들어는 봤니?"

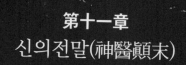

第十一章
신의전말(神醫顚末)

충왕은 두 눈을 의심했다.

"뭐, 뭐라고……?"

그가 수족처럼 다루는 벌레는 그냥 벌레가 아니다. 만독지 내에서도 수준급의 독을 품고 있다.

그리고 정말로 무서운 건 한두 마리도 아닌, 수천에 이르는 개체 수라는 점이다.

충왕이 괜히 충왕이라 불리는 게 아니다.

벌레의 왕이자 남만의 독왕이었다.

"퉤퉤!"

주서천이 입에 들어간 벌레들을 아무렇지 않게 뱉었다.

"으, 징그러."

주서천이 성가시다는 듯 발을 굴렀다. 용천혈에서 뿜어져 나온 기의 파도가 몸에 달라붙은 벌레들을 슥 훑었다. 그러자 충왕의 독충이 몇 차례 요동치더니 힘을 잃고 바닥으로 픽픽 쓰러졌다.

수천 마리가 되는 벌레가 지면으로 후두둑 떨어지니, 시커먼 구름을 보듯 바닥을 가득 채웠다.

강심장을 지닌 사람도 이 광경을 보면 혐오스러운 표정을 숨기지 못할 정도로 징그러웠다.

"충왕! 어떻게 된 게냐!"

구요가 다급한 목소리로 외쳤다.

"천독지체……?"

충왕이 혼란을 잠시 접어 두고, 주서천의 물음을 곱씹다가 눈살을 찌푸렸다.

"헛소리! 천독지체만으로 막을 수 있는 게 아니다!"

천독이 통하지 않는다는 체질. 확실히 흔한 편은 아닌지라 놀랍지만 그것만으로 수긍할 수는 없었다.

단순히 천독지체만으로 막을 수 있는 독이 아니다. 충왕 본인도 천독지체이기에 확신할 수 있었다.

"설마 네놈도 독공을 수련한 게…… 허어?"

충왕의 시선이 주서천의 왼쪽 눈으로 향했다. 희미해서

잘 보이지 않지만, 옅은 녹색의 빛이 보였다.

"녹안만독공?"

"응?"

충왕에게서 낯설지 않은 이름이 흘러나왔다.

한편, 충왕은 주서천의 반응을 보고 경악을 금치 못했다.

"그럴 리가 없다!"

충왕의 목소리에서 불신이 묻어났다. 놀라면서도 어째서인지 무언가를 부정하고 있었다.

"그분께서 평생 동안 이루신 것을 대월의 사람도 아닌 중원인이 익히고 있다니, 나를 모욕하려는 것이냐!"

'그걸 어떻게 알고 있는 거지?'

주서천의 표정에도 놀라움이 묻어났다.

녹안만독공을 창시한 독마는 중원인이 아닌 남만인, 그것도 대월의 진조 왕조의 군인이자 독인이었다.

일찍이, 대월의 진조 왕조의 명장으로 원나라의 침공을 막아 낸 진흥도는 독마의 가치를 알아봤다.

독마는 이름 없는 연구자에 불과했던 자신을 알아준 진흥도에게 충의를 맹세하고 독에 매진하였다.

그의 연구는 남만이 아닌 중원으로까지 영역이 확장됐고, 무림까지 찾아가 정사와 마교를 헤집었다.

다양한 걸 경험하고 연구한 덕에 녹안만독공을 완성하

나, 그 과정 도중 문제가 생겨 무림 공적이 된다.

고향으로 돌아가려 했으나, 끝내 추격을 이기지 못하고 숙원을 이루지 못한 채 일생을 끝낸다.

하나 녹안만독공은 둘째 치고, 독마가 본래 중원이 아닌 남만 출신이라는 것을 아는 자는 없다.

몇십 년 뒤의 미래에서조차 그 사실은 알려지지 않았는데, 그것을 충왕이 알고 있으니 의아해하는 건 당연했다.

"너희, 독마랑은 무슨 관계냐?"

주서천이 단도직입적으로 물었다.

"……!"

충왕은 주서천의 입에서 독마라는 입이 나오자, 생각에 잠긴 듯 입을 다물고 침묵했다.

고민에 빠진 것도 잠시. 충왕의 얼굴이 악귀처럼 일그러지더니만 그 시선이 구요에게로 향했다.

"구희의 여족장이여, 이게 무슨 상황이지?"

"하?"

"시치미 떼지 마라!"

충왕이 뿌드득 소리를 내면서 이를 갈았다.

"그 중원에서 온 놈들이 한 제안과는 다르지 않나!"

'제안?'

주서천은 분위기가 이상하게 흘러가자, 충왕의 다음 말

에 귀를 기울였다.

"구희의 신단을 이야기하는 거다!"

충왕이 소리를 버럭 질렀다. 그의 소매에서 흘러나오는 벌레가 둘로 갈라져 주서천과 구요에게 향했다.

"중원에서 온 의원이 신단을 제조하면 너희는 신단을 얻고, 신공은 우리에게 왔어야 한다! 그런데 어찌하여, 저 이름도 모를 중원인에게 그분의 신공이 있는 것이더냐!"

'신공? 설마 녹안만독공을 말하는 건가?'

주서천의 머리가 빠르게 회전했다. 충왕이 남긴 말들을 떠올리며 상황 파악에 나섰다.

중원에서 온 의원, 신단, 신공.

의원이야 신의를 말하는 것이 분명하고, 신단은 불분명하다. 그러나 신공은 녹안만독공이 틀림없었다.

'……대충 유추해 보자면, 구희 부족은 신단의 제조를 위해 신의를 이용한 게 틀림없다. 그리고 그 재료로 독정이라는 것이 들어가는 모양인데, 녹안만독공을 미끼로 협력을 요청한 건가. 잠깐, 협력 제안을 한 건 중원인이라고 했잖아? 그건 신의인가?'

이제는 신의에 대한 정체조차 의심스러웠다.

신단을 신약이라 착각하여, 의학적 호기심에 신단의 제조에 도움을 주고 있다면 이상하지 않다.

그러나 녹안만독공을 대가로 약속한 게 수상쩍다.

그건 여태껏 독혈곡 내에 잠들어 있다가 자신이 발견했다. 전부 외우고 소각했기에 누가 알 리도 없다.

"충왕이여. 그대는 지금 무언가 오해를 하고 있느니라."

구요가 무언가 잘못된 걸 느끼곤 미간을 찌푸렸다.

"날 속이고 있는 것이라면 그 중원인은 물론이고 네년과 부족 역시 가만두지 않겠다. 반은 벌레들의 먹이로 던져 주고, 반은 죽여 버린 뒤 시독의 추출용으로 써 주마."

충왕의 목소리는 진심이었다. 그 표독스러워진 눈빛에선 살의가 끊임없이 흘러나왔다.

"어리석은 놈! 지금 이럴 때가 아니란 말이다!"

구요가 오른쪽 가슴을 손으로 꾹 누르며 고통이 뒤섞인 신음을 토해 냈다.

"주변을 보거라! 이대로 두었다간 우리의 필패니라!"

주서천이 구희 부족의 열기에 대응하는 법을 가르쳐 준 것이 화근이었다.

중원의 수색대가 앞서서 구희의 전사들과 싸웠고, 청화 연합군이 그걸 보고 반격에 나섰다.

구희 부족은 한 사람 한 사람이 일당백. 확실히 열기를 제외하고도 강했으나 수의 차이가 극심했다.

무엇보다 그들의 싸우는 법 자체가 열기를 기초로 해서

그 전력이 급감하여 속수무책으로 당했다.

독충 부족도 뒤늦게 합류하여 도와주기는 했으나, 생각보다 그들의 독이 효과적으로 통하지는 않았다.

"이게 어떻게 된 일이냐!"

"독이 왜 그것밖에…… 크아악!"

"커허억!"

청화 연합군에는 당가가 있었다.

며칠 전, 당가는 전략 회의 중 독충 부족의 독을 대비하여 몇몇의 해약초나 해독약을 준비했다.

중원에서 남만에 오는 것이니 준비한 것도 있었고, 대수림에 도착한 뒤로 꾸준하게 해약초 같은 것도 찾았다. 혹시 모를 사태에 대비해서다.

남만이 독초나 독물의 천지라는 건, 곧 독공을 수련한 자들 입장에선 보물이 널려 있는 것과 같다.

이왕 온 김에 독의 수집뿐만 아니라, 그것과 관련된 해독 등에 대해서도 간간이 공부하면서 지냈다.

오룡삼봉 중 독봉인 당혜가 천재이기도 하지만, 동시에 노력가라는 점을 알 수 있었다.

"말 돌리지 않는 게 좋을 것이다. 구희의 족장이여. 우리에게 신공이 어떤 의미인지 알고 있을 텐데?"

충왕이 어림없다는 듯 낮게 으르렁거렸다.

"설명이고 자시고 간에 숨기고 있는 것 자체가 없도다. 애초에 신공을 제안한 건 본 녀가 아닌 그 중원인이지 않은 가!"

"그걸 어떻게 믿고?"

충왕의 얼굴에서 의심은 떨어질 생각을 하지 않았다.

"말이야 주요 부족이지. 이 동맹은 어차피 서로의 이익 을 위해서 존재하지 않는가?"

"작작 하여라, 멍청한 놈!"

"신단을 손에 넣어, 힘을 얻은 너희가 대수림을 정복할 생각을 하고 있었다면……."

"애초에 추궁할 대상을 잘못 고르지 않았느냐! 정말로 그렇게 의심스럽다면, 본 녀가 아닌 그 신공인가 뭔가 하는 걸 지닌 중원인이나 저놈에게 따지거라! 어리석은 놈!"

구요도 더 이상 참지 못하겠다는 듯, 출혈 중임에도 핏대 를 세우며 소리를 버럭버럭 질렀다.

충왕도 그제야 흥분한 걸 알았는지, 잠시 숨을 고르곤 시 선을 돌려 주서천을 노려봤다.

한편, 가만히 내버려 둬도 알아서 시작한 내부 분열이 멈 추자 아쉬워한 주서천은 입맛을 다셨다.

그러고는 여전히 의구심 반, 살의 반으로 타오르고 있는 충왕의 안광을 본 주서천이 혹시 하고 물었다.

"과연, 이제야 알겠다. 진흥도 장군이 누군가를 위해서 부대를 만들었다고 했는데…… 그게 너희냐?"

"……!"

진흥도는 독과 전염병을 전쟁에 쓰려고 독마를 지원했다. 그리고 그 지원에 독자 부대도 창설됐다.

아마 일부는 독마를 따라 중원에 갔을 것이다. 아무리 독마라 할지라도 혼자 광활한 중원을 조사하는 건 불가능하니, 수족이 될 자들이 필요했겠지.

그렇다면 남겨진 이들은 어떻게 됐을까?

당연히, 부대의 창설 목적에 따라 진흥도의 밑에서 독과 전염병을 이용해 전쟁에 참여했을 게 뻔했다.

다행히 독마가 남긴 것을 비롯하여 그들의 힘으로 원의 침략을 막는 데 성공하나, 어이없게도 원이 명에 의해 망했고, 대월 역시 명에 의해 파국을 맞이한다.

"설마하니 백 년도 더 된 부대가 남아 있을 줄은 상상도 하지 못했다. 아니, 정확히는 그 후예인가?"

대월과 왕조가 망하면서, 군부(軍部) 역시 폐지됐다. 부대 역시 어둠 속으로 사라졌을 거라 생각했다.

한데 그들이 설마하니 살아서 그 명맥을 야만족으로서 이으며 살아 있을 줄은 상상도 못 했다.

"좋다, 충왕. 제안을 하나 하지."

주서천이 검을 거두고 검지를 들었다.

"그따위 망발을 하다니, 겁을 상실했구나."

충왕은 적의를 거두지 않았다. 바닥에 기어 다니는 수천 마리의 벌레에게서 독기가 스멀스멀 흘러나왔다.

"지금 그 제안으로 엿 먹은 것 같아 기분이 말로 형용할 수 없거늘, 또다시 제안이라고?"

"그야 그건 네놈이 누군지도 모를 중원인에게 속아서 그런 거고, 난 진짜니까."

"네놈 역시 누군지도 모를 중원인이라는 걸 깨닫지 못했나?"

"아니, 그건 좀 다르지. 아무래도 독마의 유품이라도 보고 속아 넘어간 것 같은데, 난 아니니까."

"······."

눈앞의 중원인이 누군지는 모른다. 그러나 확실한 건 녹안만독공과 독마에 대해 알고 있다는 것이다.

독마의 신원이나 그 부대에 대해 알고 있는 사람은 후예인 자신들을 제외하곤 거의 전무하다시피 했다.

부대의 여러 기밀성 때문에 당시 군부의 관계자나 지도자만 알고 있었는데, 대월과 함께 전부 사라졌다.

그렇다면 분명히 독마와 직접적으로든 간접적으로든 관계가 있을 터. 중원 무림에서의 활동이 제법 길었으니, 수

긍하지 않는 건 아니다.

"독충 부족, 항복하고 날 따라와라. 그러면 그 대가로 이 자리에서 녹안만독공의 구결 반을 알려 주마."

"충왕!"

구요의 다급한 목소리가 울려 퍼졌다.

"······나머지는?"

"설마 그걸 아무런 도움 없이 달라는 건 아닐 거야. 방금 전까지 서로 검 끝을 겨누지 않았었나?"

지금 이 상황에서 독충 부족의 항복은 결코 나쁘지 않았다.

구희 부족, 아니 주요 부족의 패배가 확실시되는 동시에 불필요한 희생을 막을 수 있었다.

무엇보다, 그들에 대항할 힘을 얻음과 동시에 사건의 전말을 알 수 있다.

'있다.'

그들은 항상 그곳에 있었다.

앞에 드러나지 않고, 누군가의 뒤에서 존재했다.

중원을, 천하를 위에서 오만하게 내려다보았다.

암천회가.

*   *   *

화타의 재림이라고도 칭해지는 명의, 신의.

신의가 어떠한 제안을 받은 건 시간을 되돌려, 아직 중원에 있을 적이었다.

어느 심야, 창을 통해 어떠한 인물이 찾아왔다.

"나는 죽는 겐가?"

신의는 소리도 지르지 않고, 겁을 내지도 않았다. 그저 담담히 눈을 뜨고 복면인을 맞이했다.

"과연, 신의. 무인도 아니거늘 배짱이 보통이 아니로구나. 대화할 자세는 갖추었으니, 선물을 주마."

"이건……."

"공청석유(空淸石乳)다. 입구를 열어도 상관없지만, 한 방울밖에 없으니 떨어뜨렸다간 대가를 치를 각오를 해야 할 것이다."

귀한 약이라면 사족을 못 쓰는 신의다. 대가건 뭐건 간에 호기심을 충족하기 위해 병을 열어 확인했다.

우윳빛으로 반짝이는 액체. 일반인과 다른 후각 기관을 지닌 신의가 코끝을 움직여 확인했다.

"정말로 공청석유로군!"

공청석유는 전설에서나 나오는 영약이다.

천지간의 조화가 서린 동굴에서 백 년에 한 번씩 고이게 되는 액체인데, 한 방울이라도 마시게 되면 무림인은 막대한 내공을 얻게 되고, 일반인은 무병장수를 한다고 한다.

그러나 그 기록이 워낙 오래되고, 만년하수오만큼 보기가 힘들어 전설로만 전해져 내려오고 있었다.

신의는 입맛을 다시며 공청석유를 복면인에게 건네고, 원하는 것이 무엇이냐고 물었다.

"남만의 신단에 대해서 혹시 알고 있나?"

"신단?"

"그래. 구희라는 부족에 전해져 오는 연단술로 제조할 수 있는 불로불사의 약이기도 하다."

"구희…… 제래의 딸인 불사의 요정을 말하는가?"

"호오, 알고 있군."

"원래 영약, 그것도 자연산의 위치는 전설이나 설화, 고대 신화와 관계된 것이 많네."

대부분 시간이 흐르면서 이야기에 살이 붙어 그대로 믿을 수는 없지만, 그래도 관계가 아예 없는 건 아니다. 적긴 하지만 관련된 걸 조사하다가 영약을 발견하는 데 도움이 된 사례도 존재했다.

"정말로 불로불사의 약인지는 의아하나, 흥미가 생기는군."

인간이라면 누구나 꿈꾸는 원망(願望)의 집합체.

늙지 않으며, 죽지 않는다.

진시황조차 손에 넣지 못한 꿈의 약, 역대 황제는 물론이고 옆 나라의 왕까지 원했던 가공의 물질.

신의도 과거 황제의 곁에 있을 때라거나, 개인적인 호기심에 찾아도 봤지만 소득은 없었다.

인제 와서 불로불사라거나 하는 말을 믿지는 않는다. 그러나 그렇게 전해져 올 정도로, 효능이 뛰어난 약이라고 생각하여 신단을 꼭 제조해 보고 싶었다.

그래서 복면인의 제안을 받아들이고, 호위 무사로 삼아 제자들의 반대를 무릅쓰고 남만까지 왔다.

복면인의 정체에 대한 의문은 있었지만, 굳이 무리하면서까지 파고들고 싶지는 않았다.

어차피 관심 있는 것이라곤 남만의 신단이고, 그것만 보고 제조를 해 주게 한다면 큰 불만은 없었다.

신의가 세간에서 괜히 괴의라 불리는 게 아니다. 그 성격이 워낙 괴팍해 사고방식 자체가 남달랐다.

운남을 지나서 남만에 도착한 뒤, 복면인은 호위 무사를 몇몇 남기고 기다리라며 종적을 감췄다.

남만에서만 볼 수 있는 약초라거나 독초 탓에 기다리는 건 지루하지 않았다. 호위 무사를 대동한 채, 청화 지방이라거나 곳곳을 돌아다니며 진료도 봤다.

그리고 시간이 흘러 중원으로 서신을 마지막으로 보낸 뒤, 복면인이 돌아와 준비를 끝냈다고 말했다.

"앞으로 주요 부족이 우리를 도울 것이다. 웬만하면 그들의 심기를 건드리지 말고, 당분간은 그들을 무상으로 치료해 주며 신뢰를 쌓아라."

"그리하겠네."

남만의 주요 부족은 폐쇄적이다. 외부인이 달갑지 않은 눈치였다.

신의는 신뢰를 위해서 여러 사람을 진료해 주었다.

얼마 뒤, 그의 놀라운 솜씨에 주요 부족은 감탄을 금치 못했고 신의에게 경의와 고마움을 표했다.

참고로 만독지 근방의 주요 부족에 오기 전, 복면인은 주요 부족을 순회하며 교섭을 본 모양이었다.

각 부족에게 무언가 필요한 것을 주고, 특히 독충 부족, 구희 부족과 긴밀한 관계를 가졌다고 들었다.

여하튼, 협력 관계가 되면서 구희 부족에게는 연단술을 전수받았고 독충 부족에게는 만독지를 마음껏 돌아다니며 재료를 구할 수 있도록 도움을 받았다.

목숨을 걸고 고생을 한 끝에 독정을 비롯한 재료들을 손에 넣는 데 성공하고 신단의 제조에 들어갔다.

호위 무사로 변장한 복면인이 곁에서 여러 가지를 도와

쥐서 수월하게 해낼 수 있었다.

제조 도중 주변이 무언가 시끄러웠지만, 전혀 신경 쓰지 않았다. 지금 중요한 건 신단의 제조였다.

그리고 해가 저물며 황혼이 찾아올 무렵.

"완성했다."

신의가 땀방울을 훔치며 흡족하게 웃었다. 주름진 눈살 사이에 숨겨진 눈동자에 붉은 단이 비쳤다.

겨우 두 마디밖에 되지 않은 크기. 그 표면은 미끄러울 정도로 매끈매끈하고, 타오를 듯이 붉었다.

실제로 불을 담은 것처럼 뜨거웠는데 주변에만 가도 기온이 올라가 대장간에 들어와 있는 것 같았다.

"드디어 완성했나!"

복면인, 아니 복면을 벗은 남자가 환하게 웃었다.

그 눈은 환희로 가득 차 있었는데, 그걸 본 신의가 신기한 듯 긴 흰 수염을 매만지며 중얼거렸다.

"그나저나, 자네는 언제 봐도 이상하군그래."

"흐흐흐, 무얼 말이냐? 지금은 기분이 좋으니 내 특별히 들어 주겠다."

"그야, 신단을 원하는 건 분명한데 그에 대한 탐욕이 존재하지 않으니 이상하지 않은가."

신단을 제조하면서 호기심을 충족하니, 그동안 제쳐 두

었던 궁금증 같은 것이 솟아났다.

처음에는 무인으로서 내공의 증진이라거나, 혹은 불로불사를 노리는가 싶었다. 그런데 함께 지내다 보니 그게 아니란 걸 저절로 알게 됐다. 이 남자는 신단은 원하나, 그건 본인이 복용하기 위함이 아니었다.

"어차피 이 늙은이를 죽일 거라면, 적어도 궁금증은 풀어 주고 가지 않겠는가?"

"괜한 걱정 할 것 없다, 신의. 목숨을 빼앗지는 않으마."

"호오, 기밀을 위해 입을 막을까 싶었는데……그게 아니었나?"

남만의 신단이다. 소림사 대환단 이상의 가치를 하는 영약이다. 아는 사람이 적으면 적을수록 좋다.

보물이라는 것은 피를 부르는 법이니까. 신단의 제조가 끝난 뒤 인멸된다고 해도 이상하지 않았다.

"말귀를 알아듣지 못하는 구더기 이하라면 모를까, 괜한 저항을 하지 않고 고분고분 말을 듣는다면 이야기가 달라지지. 신의, 따라와라. 이제 이 지긋지긋한 곳과도 안녕이다. 귀한 약재를 구경시켜 주마."

"생각한 대로 배신하는군그래. 좋네."

신단이 완성되면 구희의 여족장에게 넘긴다고 약조했다. 그러나 그걸 지킬 생각 따위는 없었다.

"그들이 우릴 가만두지 않을 걸세. 괜찮겠나?"

"그깟 야만족 따위 방해조차 되지 않는다. 그리고, 어차 피 그들은 연합군을 막느라 정신이 없을 터."

남자가 히죽 웃으며 손을 올렸다.

"크아악!"

"아악!"

수풀 속에서 신의의 일행을 감시 중이던 주요 부족의 전 사들의 비명이 흘러나왔다.

머리부터 발끝까지 검은색으로 물든 옷차림을 한 복면 무인들이 나타났다.

전원이 남만에 합류하기 전 따라왔다가, 도중에 사라졌 던 수하들이었다.

"간다."

그 숫자는 고작 삼십밖에 되지 않았지만, 하나하나 범상 치 않은 고수들뿐이었다. 전부 절정, 초절정이다.

특히나 이들을 이끄는 남자의 무공이 대단했는데, 대수 림임에도 고강한 무력을 자랑하였다.

신의는 남자의 뒤를 따라 미리 알아 둔 샛길을 통해 빠져 나갔다.

"잘 들어라, 신의. 이제부터 할 이야기는 결코 누구에게 도 발설하면 아니 된다. 만약, 조금이라도 입을 뻥긋하게 된다면, 어떻게 될지는 굳이 말하지 않아도 알고 있겠지?"

"흘흘흘. 어차피 얼마 남지 않은 생이라 목숨에는 미련이 없네. 그러나 아직 보지 못한 의서나 약들이 마음에 걸리니 어쩔 수 없는 노릇이지. 알겠네."

"좋다. 네놈이 아직까지 살 수 있는 건, 의술이 아닌 그 현명함 때문이라는 걸 명심해라. 그러나 후회할 건 없도다. 그 덕에 무림, 아니 중원을 손바닥 위에 둔 본 회에 들어올 수 있는 거니까."

"본 회……?"

남자가 스산하게 웃으며, 길을 막는 커다란 잎사귀를 슥슥 베어 넘겼다.

빽빽하게 늘어져 있는 나무도 조금씩 줄어들며, 입구 근처까지 왔다. 지긋지긋하던 독물도 이젠 끝이다.

"그렇다. 무림은 정도와 사도, 그리고 마도이세로 나누어져 있다고 생각하지만 그건 크나큰 착각이다."

남자의 눈이 음험하게 빛났다.

지겨울 정도로 펼쳐진 대수림이 사라지고, 멀리서 거센 물살 소리가 귓가에 들렸다.

"상천십좌조차도 감히 범접할 수 없는 분이 회주로 계신 이곳의 이름은……."

남자가 뒷말을 이으려는 순간이었다. 그의 발걸음이 갑

작스럽게 뚝 하고 멈췄다.

"잔뜩 기대하게 해 놓고 정작 중요한 이름을 말하지 않다니, 이 늙은이를 괴롭힐 생각인가?"

신의도 따라 멈춰 서서 물음을 던졌다.

"……."

그러나 그따위 말장난에 장단을 맞춰 줄 때가 아니었다.

남자의 눈이 독수리처럼 매서워졌다. 주변을 맴돌던 수하들도 무언가 이상함을 느끼고 멈췄다.

"그 이름이 무엇인지 궁금한데, 알려 주지 않을래?"

신의가 아니었다. 낯선 목소리, 제삼자였다.

"누구냐!"

남자가 경계 어린 목소리를 높이며 주먹을 내질렀다.

쿠아아앙!

평범한 정권 지르기가 아니었다. 주먹 끝에서 폭풍이 뿜어져 나와 앞에 있던 나무를 뿌리째로 박살 냈다. 그 바람은 거기서 만족하지 않고, 앞으로 쭉 뻗어 나가 코앞에 둔 강 한가운데를 정확히 맞췄다.

콰앙!

다시 한 번 터지는 굉음. 그리고 강물이 위로 솟구치면서 물기둥을 만들었다.

물방울이 후두둑 떨어지면서 일곱 빛깔의 무지개를 만든

다.

"네놈의 적."

권풍에 얼마 남지 않은 나무들이 속속들이 쓰러지면서 시야를 넓혔다. 강 앞에 일련의 무리가 보였다.

'우리가 오는 걸 기다리고 있었다?'

남자의 얼굴이 딱딱하게 굳었다. 무언가가 잘못 돌아가고 있다는 걸 느꼈다.

"만나서 반갑다."

일련의 무리 중 누군가가 앞으로 걸어 나왔다.

남자는 그 얼굴을 보자마자 눈살을 찌푸렸다.

"네놈, 어디선가 본 것 같은데……."

기억을 더듬으며 떠올려 보려 했지만, 잘 기억이 나지 않았다. 기억날 듯 말 듯해서 속이 답답했다.

"보아하니 암천회에서 한 부대 정도는 이끄는 우두머리인 것 같은데, 내 얼굴을 몰라?"

"뭐, 뭐라고? 지금, 뭐라고 했느냐?"

남자가 눈을 찢어질 듯이 크게 떴다. 입도 떡 벌어졌다. 방금 그 이름은 그냥 지나칠 것이 아니었다.

"아마 천기 그놈이 날 찢어 죽이려고 초상화를 배포해서 살계부에 이름을 올렸을 텐데……."

"……!"

남자가 입을 떡 벌렸다. 대경한 걸 넘어, 충격에 빠져 할 말을 잃은 듯 입만 뻐끔뻐끔거렸다.

암천회와 천기. 결코 알아서는 안 될 이름이 두 번이나 나왔다.

회의 이름은 그렇다 쳐도 칠성사의 이름까지 알다니?

"살계부? 살계부…… 억! 주서천! 주서천이로구나!"

드디어 흐릿했던 기억에서 무언가가 떠올랐다.

흉마의 무덤에서 발견된 혈승의 비급을 초석 삼아 일으켰던 칠검전쟁이란 대계를 망친 장본인.

그리고 협력 세력이었던 적림십팔채의 총채주와 녹룡채를 무너뜨려 천기의 뒷목을 잡게 만든 훼방꾼.

그 외에도 소림사에 신공을 전달하거나 비밀리에 준비한 분타도 박살 내는 등 온갖 방해를 하지 않았나.

"주서천? 그 매화정검 말인가?"

의학 외에는 관심이 없다는 신의도 주서천의 이름을 들어 봤는지 반응을 보였다.

"누구냐."

남자는 정신을 차리지 못했다.

지금 신단이고 뭐고 신경 쓸 게 아니었다.

알아서는 안 될 이름을, 결코 밝혀지지 말아야 할 이름이 두 번, 아니 세 번이나 나왔다.

암천회, 천기, 살계부. 회의 일원이라 할지라도 상위의 인사가 아니라면 모르는 것들뿐이었다.

신단도 신단이지만, 지금은 회의 기밀에 대해 알고 있는 주서천의 존재 자체가 문제였다.

"화산파의 주서천이다."

"죽이지 말고 회로 데려간다. 팔다리 한두 개 정도 자르는 건 상관없다. 신의도 있으니, 즉사가 아닌 한에서 처리한다."

살계부에 올라왔지만, 이러면 이야기가 다르다. 죽이지 않고 데려가서 정보의 출처를 알아내야만 한다.

스스슥!

서른이나 되는 수하들이 주서천을 포위하기 위해 움직였다. 그러나 얼마 가지 않고 멈춰야만 했다.

사각사각!

무언가를 갉아 내는 소리. 한두 소리도 아니고 족히 수천에 이르는 소리가 겹치니 소름이 다 끼쳤다.

"설마……."

남만, 그것도 만독지에서 이러한 소리를 낼 수 있는 이는 한 사람밖에 없다. 벌레의 왕뿐이다.

불길함은 현실이 됐다. 정면이 아닌 뒤에서부터 시커먼 구름 같은 것이 기어 오는 게 보였다.

그 안에는 피부가 창백하고 소매에서 벌레들이 끊임없이 흘러나오는 청년이 서 있었다.

"충왕이 어째서……."

지금쯤이면 연합군에 맞서 박 터지게 싸우고 있어야 한다. 여기에 있을 사람이 아니니, 당연히 놀랐다.

"흐, 흐흐……."

청년, 충왕에게서 음산한 웃음소리가 흘러나왔다.

"설마 했더니 정말이로구나. 나를, 아니 주요 부족을 전부 속이다니. 온전히 나갈 수는 없을 거다."

입은 웃고 있지만, 눈은 전혀 웃고 있지 않았다. 웃기는커녕 분노와 살의로 불타오르는 중이었다.

"이런 걸 사면초가라고 하는가?"

신의가 급박한 상황 속에서도 여유를 잃지 않은 채, 가만히 수염을 쓰다듬으며 중얼거렸다.

"흥!"

남자 역시 위기 속에서도 당황하기는커녕 코웃음을 치며 여유를 부리면서 주변을 슥 훑어봤다.

주서천과 충왕 외에도 눈에 들어오는 이들이 몇몇 있었다.

"점창칠공자와 독봉인가."

남만의 사제가 목숨을 잃으면서, 그리고 정보를 수집하

는 과정에서 몇 가지 귀에 들려온 게 있었다.

점창파와 당가. 그러나 주서천에 대해서는 듣지 못했다. 그 점이 아쉬웠지만, 인제 와선 상관없었다.

"어차피 다 죽이면 그만이다."

"대단한 자신감이군요. 과연, 중원을 손바닥 위에 두고 있다고 자랑할 정도는 되시네요. 그럼요, 비록 신단만 제조하고, 누군가 빼앗을까 봐 겁이 나 바짓가랑이가 젖은 채 걸음아 나 살려라 도망쳤지만요. 그래도 그 배짱은 높이 사 드릴게요."

당혜가 언제나처럼 신랄한 독설을 퍼부었다.

"계집, 그 예쁜 주둥이가 찢어지는 꼴을 경험하고 싶지 않다면 입을 다물고 있는 게 좋을 거다."

이름 모를 남자가 으르렁거렸다.

"나약한 것들끼리 몰려다니면서 송곳니를 드러내는구나. 이렇게 된 거, 모조리 쳐 죽여 주마."

파드드득!

나뭇가지 위에 앉아 있던 새들이 위로 비상했다. 나무 열매를 까먹던 다람쥐도 꽁지 빠지게 도망쳤다.

보란 듯이 꽃잎을 활짝 핀 꽃봉오리가 오그라들었다. 동식물을 겁먹게 하는 기세가 폭풍처럼 몰아쳤다.

"……."

당혜가 입을 꾹 다물었다. 평소의 독설을 내뱉을 분위기가 아니었다.

눈앞의 적수가 체내의 기를 방출하는 것만으로도 대기가 떨려 오는 게 느껴졌다.

"흐읍!"

단하성도 경계를 최대로 높였다. 숨을 쉬기 갑갑할 정도의 압박감이 느껴졌다.

괜히 다수를 앞에 두고 여유를 부리고 있던 게 아니다. 충왕이 나타난 이후로도 태세는 변하지 않았다.

자신만만한 태도에는 이유가 있다. 눈앞의 이름도, 정체도 모를 남자의 무위는 딱 봐도 보통이 아니다.

'개양……?'

겉으로 드러날 정도로의 심후한 공력. 공기가 떨리는 정도로의 여파라면 경지가 낮지는 않았다.

대충만 봐도 최소 화경. 어쩌면 그 위일지도 모른다. 이 정도 되는 힘은 칠성사에서도 몇 없다.

암천회주의 오른팔이자 무력을 상징한다는 개양성이 아닐까 하는 생각이 들었다.

'아니, 잠깐.'

생각이 잠시 멈췄다. 그 대신 다른 게 떠올랐다.

'영약의 관리, 신단의 제조.'

암천회에서 영약을 관리하는 기관은 오로지 한 곳.

"도감부?"

"……!"

예상이 맞아떨어졌다.

남자, 아니 도감부 소속의 수뇌의 눈썹이 떨렸다. 워낙 찰나의 순간이었으나 결코 놓치지 않았다.

동요였다.

"맞구나?"

주서천의 입가에 진한 미소가 번졌다.

생각해 보면 금방 알 수 있는 사실이다.

암천회의 수뇌이고 지고의 영약을 구하러 남만까지 왔다면 그 역할을 할 수 있는 건 한 명 외에는 없다.

칠성사는 아니나 그와 견줄 수 있는 수뇌. 영약과 내단 등에 집중되어 있는 조사 및 수집 기관의 수장.

"도감부장."

콰과과과과!

순식간에 벌어진 일이었다. 워낙 눈 깜짝할 사이에 일어난 일이라 대부분이 인식하지 못했다.

그러나 서로를 마주 보고 있던 주서천은 달랐다. 그 이름을 부르자마자 도감부장이 움직인 걸 봤다.

고막이 찢어질 정도로의 굉음. 도감부장이 밟고 있던 지면이 움푹 파이더니, 폭발과 함께 위로 솟았다.

도감부장은 지반 아래에 꽁꽁 숨겨져 있던 크고 작은 바위들을 박살 내고, 뒤로 흩뿌리면서 뛰쳐나갔다.

공간과 공간 사이를 접은 것처럼 사라졌다가 나타났다. 고속으로 이동한 것만이 아니다.

느리게 흘러가는 시간 속, 도감부장이 팔을 뒤로 뺐다가 주서천과 가까워진 순간 일권을 내지른다.

코앞에 꽂히려는 일촉즉발의 순간. 주서천이 눈 하나 깜짝하지 않고 검을 세워 주먹을 막았다.

꽈아아앙!

그건, 주먹이라기에는 너무나도 큰 소리였다.

청천벽력. 남만의 구름 한 점 없는 날씨에 천둥이 쳤다. 소리뿐만 아니라, 물리적인 폭발까지 있었다.

검과 주먹이 부딪친 순간 그 여파가 파도처럼 출렁이더니만, 얼마 지나지 않아 폭죽처럼 터졌다.

"으아악!"

제일 먼저 피해를 입은 건 주서천의 근처에서 경계 중이던 무인들이었다. 몰아친 폭풍에 날아갔다.

고수의 반열에 드는 이들도 마찬가지였다. 볼썽사납게 나가떨어지진 않았지만, 뒤로 밀려났다.

눈에 먼지가 들어가지 않도록 꽉 감고, 허벅지에 힘을 팍 주고 버렸다. 뒤로 밀려난 발자국이 남았다.

"명령을 바꾼다."

뭉게뭉게 피어오른 구름이 걷히면서 그 중심이 드러났다. 검과 주먹을 맞대고 있는 괴물들이었다.

"주서천, 신의를 제외하고 전부 죽여라. 놓치는 건 용납하지 않는다."

도감부장이 시선을 고정한 채로 명령을 내렸다.

"존명!"

삼십에 이르는 수하, 도감부원들이 몸을 날렸다.

"벽력신권."

빠직, 빠지직!

눈에 보이지 않은 전기가 흘렀다. 시퍼런 빛줄기가 번쩍번쩍하면서 태아의 몸을 툭툭 건든다.

벽력신권(霹靂神拳).

고금을 통틀어 전설적인 고수의 이름을 꼽을 때면 빠지지 않는 뇌제(雷帝)의 독문무공이다.

그러나 실전된 지 워낙 오래되어 역사 속으로 사라진 걸로 알고 있거늘, 이렇게 눈앞에 존재했다.

'속력도 속력이지만, 위력도 정상이 아니다. 괜히 뇌제의 무공이 아니군. 팔이 다 찌릿찌릿하다.'

극쾌(極快)이자, 극강(極强)의 성질을 동시에 지녔다. 그것도 무너지지 않고 잘 어울려 수평을 이룬다.

도감부장에 대해선 자세히 모른다. 암천회가 망하기 전까지도 암암리에 영약, 약재, 독초, 내단 등을 관리하느라 천기성처럼 전면에 나서진 않았다.

마지막까지 남았다가 괴멸됐다는 건 들었지만, 관련된 정보가 거의 남지 않았다. 그들에 대해 알려지면 과한 욕심 탓에 분쟁이 일어날 것을 우려하여 기록에도 남기지 않아서다. 직접적인 관련자들 외에는 모른다.

화산파의 장로로서 나름대로 정보의 접근 권한이 높았지만, 그렇다고 전부를 아는 건 아니었다. 장문인급이 아니라면 열람할 수 없는 부분에 대해서는 주선도 알 수가 없었다.

"급습을 막아 낸 건 칭찬해 주마."

'너무하지 않냐?'

도감부장 정도 되는 무인이라면 오만을 부리면서 '한 수 양보해 주마.' 라거나 '이걸 막아 봐라.' 라면서 공격하기 마련이다. 그런데 괜히 암천회 아니랄까 봐, 특급 기밀에 이르는 이름이 나오자마자 급습을 했다.

다른 곳에 시선을 떨어뜨리지 않고 주시하고 있어서 망정이지 한눈팔고 있었다면 분명히 당했다.

"그러나 거기까지다!"

도감부장이 목소리를 높이며 눈을 희번덕 떴다.

주서천이 검을 고쳐 잡고 상반신을 경계했다.

쐐애액!

'각법(脚法)?'

그러나 공격은 위가 아니라 아래에서 들어왔다.

빠지직!

도감부장이 다리를 채찍처럼 휘둘렀다. 벽력신권과 다를 것 없이 시퍼런 전기가 번쩍였다.

주서천은 찰나라는 짧은 시간 동안 고민했다. 상반신을 경계하던 검을 옮길까 했지만, 허초일 확률을 상정하여 부딪치는 게 아니라 퇴보를 택했다.

서걱!

"허어."

주서천이 질렸다는 표정을 지었다. 바람에 휘날린 그의 머리카락 끝이 검으로 베인 것처럼 잘렸다.

도감부장의 다리, 정확히는 그 다리를 두른 전기가 칼날처럼 예리해져서 조금만 스쳤는데 베였다.

'뇌제의 진전을 완벽히 이었구나!'

벽력참절각(霹靂斬截脚).

각법은 대부분 타격을 중점으로 했지만, 벽력참절각은 다르다. 이름에 걸맞게 베고, 끊어 버린다.

맞으면 맞는 게 아니라 베이는 특이한 각법이다.

"이걸 피해?"

도감부장도 놀란 건 마찬가지다. 설마 이렇게나 완벽히 피할 줄은 상상도 못 했다는 얼굴이었다.

하나 놀란 것도 잠시. 암천회의 수뇌답게 틈을 만들지 않고 그다음 동작을 이어 권격을 쏟아 냈다.

파바바바밧!

빠직, 빠직!

주먹을 휙휙 내지를 때마다 전류가 휘황찬란한 빛을 내뿜었는데, 시야도 가리고 속도도 빨라 성가셨다.

무엇보다 질리는 건, 공력의 양이었다. 주먹이나 발길질 하나하나에 실린 내력이 보통이 아니었다.

그 주서천조차 혀를 내두를 정도로의 양이었다.

"아니, 공청석유로 목욕을…… 아니, 됐다."

암천회주 다음으로 영약과 내단 등에는 영순위의 권한을 지닌 도감부장이다. 내공이 많은 건 당연하다.

파바바밧!

점창의 사일검도 쾌검으로 이름이 높지만 이 정도는 아니다. 정말로 벼락이라도 된 것처럼 빨랐다.

그동안 성실하게 수련한 보법을 펼치며 어떻게든 피해 냈지만, 전부는 피하지 못했다.

쾅! 콰앙! 쾅!

검과 주먹이 부딪칠 때마다 폭음이 터졌다. 지면이 움푹 파이고, 돌이 콩을 볶듯이 튀었다.

주서천과 도감부장. 그 누구도 지지 않고 대해와 같은 공력을 교환하면서 공수를 교환했다.

이대로 두었다간 언제 끝날지 모르겠다고 생각한 주서천의 머리로 무언가가 스치고 지나갔다.

"그러고 보니, 전에는 잘 먹었다."

주서천의 입가에 음흉한 미소가 번졌다.

"......?"

"만년화리. 잡느라 좀 고생하긴 했는데, 누가 잘 키워 줘서 그런지 속이 아주 알차더라."

도감부장이 순간 멍한 표정을 지었다.

주서천은 주먹에 검을 맞댄 채, 도감부장의 귓가에 수줍게 고백하는 처녀처럼 속삭였다.

"그거, 먹은 거 나야."

第十二章
교탈조화(巧奪造化)

　도감부는 영물의 관리까지 도맡아 한다.

　대부분 영약이 그렇듯, 내단 역시 시간이 지날수록 품은 기의 양이 늘어나고, 효력도 증감된다.

　특히나 영물의 내단의 경우, 주변의 환경에 영향을 받아 변하는 경우도 있어 특별한 관리가 필요했다.

　만년화리도 마찬가지였다. 암천회가 관리 중인 영물들 중에서도 상위에 있는 만큼, 신경도 많이 썼다.

　그러던 어느 날, 만년화리를 도둑맞았다.

　사용할 나날을 기다리며, 귀하디귀한 자식을 둔 부모보다 더한 마음으로 키웠었다.

그러나 마지막으로 보았을 때, 만년화리는 살점 하나 없이 뼈만 남아 있었다.

그때의 충격이 아직도 잊혀지지 않는다. 온갖 고생을 하면서 키운 잉어가 사냥당했다는 사실이 떠오른다. 주서천의 속삭임을 듣자마자 욕설이 튀어나왔다.

"쌍!"

당시에 범인을 찾으려고 주변을 이 잡듯이 뒤졌다.

갑작스레 내공 증진을 이룬 고수가 등장하지 않았나 싶어 조사까지 해 봤지만, 결국 나타나지 않았다.

하지만 포기하지는 않았다. 암천회주도 그 일이 몹시 마음에 안 드는지, 범인을 잡아 오라고 명했다.

그리고 오늘, 그 범인을 찾았다.

"싸앙!"

쿠와아아앙!

도감부장의 눈이 뒤집어졌다. 그 몸에선 여태까지와는 비교도 안 될 살의가 뇌력과 함께 폭사됐다.

빠직! 빠지지지직!

고압의 전력에 머리카락이 절로 쭈뼛 선다. 피부 위의 솜털도 선 게 보였다. 닭살도 우수수 돋았다.

머리카락이 쭈뼛 서고, 태아의 검신을 통해 전류가 침입해 올 정도의 전기가 모습을 드러낸다.

"주서천!"

귀가 찢어질 정도로의 고함. 소림의 사자후조차 한 수 접을 정도의 그 크기는 마치 우레와도 같았다.

"크윽!"

"큿!"

주변인들도 그 영향을 고스란히 받았다. 마른하늘에 떨어진 천둥소리에 귀를 붙잡고 신음을 흘렸다.

"이 호로 새끼가!"

도감부장의 안광이 시퍼렇게 불타올랐다. 여태껏 볼 수 없었던 분노를 볼 수 있었다.

"어쩐지 나이에 맞지 않게 내공이 많더니만……!"

살계부에 이름이 올라오면, 자연히 조사 대상이 된다. 당연히 주서천에 대한 정보도 대강 알고 있었다.

정파의 후기지수이자 영웅, 매화정검.

어린 시절부터 내화외빈이라 불리며, 내공량이 남들에 비해 이상할 정도로 많았다.

사실 이때만 해도 그냥 조금 더 많은 정도라고 판단했으나, 성년이 된 이후로는 그 수준이 달랐다.

정말 어디서 기연이라도 닿아 영약이라도 주워 먹었나 싶었는데, 그게 정말이었다.

"죽여 버리겠다아!"

도감부장은 주서천을 부모를 죽인 원수처럼 노려봤다. 그만큼 만년화리에 대한 원한이 보통이 아니었다.

그 영물을 관리하느라 고생한 것도 있지만, 만년화리를 잃은 이후 암천회주에게 눈총을 받지 않았나.

더 열 받는 건 도감부 외의 기관, 칠성사의 몇몇에게 비웃음까지 받았던 일이다.

파앙!

도감부장이 사라졌다가 나타났다. 그 몸이 마치 벼락으로 되어 있는 것처럼, 시퍼런 빛줄기를 남겼다.

끼이이익!

손톱으로 철판을 긁는 듣기 싫은 소리였다. 날카로운 무언가가 날아온 느낌이었지만, 실상은 달랐다.

마치 육중한 철퇴가 박힌 것과 같이, 도감부장의 주먹이 정중앙을 노려 오며 들어왔다.

쿠와아앙!

세로로 세운 검 위로 주먹이 부딪쳤다. 단순히 물질끼리만 부딪친 것만이 아니다. 강기가 충돌했다.

그 양만 해도 수준을 달리할 정도였다. 뇌가 '대앵' 하고 울릴 정도의 충격파가 전신으로 퍼졌다.

근육이 찌릿찌릿하고 반응하며 오그라들었다. 다리가 약간 후들거렸다. 마찰열에 달아오른 발바닥이 뒤로 쭉 밀려,

강의 코앞까지 가서야 멈췄다.

"허어!"

둘의 입에서 동시에 놀라운 목소리가 흘러나왔다.

'과연, 암천회의 수뇌!'

어린 시절부터 쉬지 않고 영약을 흡수해 왔다.

만년화리, 천년설삼, 소환단 등. 정말 한계에 부딪쳐서 밥 대신이라 할 정도로 먹어 댔다.

더 먹고 싶어도 육체의 한계나, 흡수하는 시간이라거나 여러 가지 연유로 밀어 둬야 할 정도의 양이었다. 그런데도, 도감부장의 벽력신권의 위력을 쉽게 막아 내지 못했다는 사실에 입이 절로 벌어졌다.

'도대체 이딴 놈이 어디서 나왔단 말인가!'

도감부장 역시 놀란 건 매한가지다. 분노로 이성이 반쯤 날아갔는데도 약간은 침착한 판단을 내렸다.

'전력을 담아 낸 벽력신권을 막아 내다니!'

뇌제의 무공, 벽력신권은 마공과 견주어도 지지 않을 정도의 파괴력을 지녔다. 괜히 신공이 아니다.

그뿐만이 아니다. 속력 역시 정말 벼락과 같다고 칭해질 정도로 빨랐다.

비유하자면 철퇴가 눈이 좇을 수 없을 정도로의 빠르기로 날아간 것이나 다름없거늘, 완벽히 막아 냈다.

'위험하다.'

괜히 살계부에 이름이 올라온 게 아니다. 나이는 어리지만, 얕보다간 목숨이 위험할지도 모른다.

아니, 그 이전에 존재만으로도 위험하다.

천하백대고수, 화산파, 정파의 영웅. 그리고 회에 대한 기밀까지 알고 있다. 최우선으로 처리해야 한다.

앞으로 어떤 방해를 할지 상상조차 안 갔다.

"크하아압!"

도감부장이 숨을 들이쉬었다. 주변에 넓게 퍼져 있던 전류가 한곳으로 모여들며 뭉쳤다.

그 준비조차 얼마 걸리지 않았다. 여전히 속도가 번개처럼 빠르다.

"후읍!"

주서천도 준비를 끝냈다. 복부에 힘이 들어가면서 잘 다져진 복근이 드러났다.

방금 전 힘을 분출하여 이완됐던 근육이 다시 수축된다. 힘줄이 도드라지며 훤히 보였다.

호흡과 동시, 배꼽 아래 단전에서부터 내공을 뽑아냈다. 약간도 아닌 대량의 양을 공력으로 전환한다.

스스슥!

벽력신권처럼 전류를 쏟아 내는 등의 화려함은 없었다.

그러나 범상치 않은 자색의 줄기가 넘실거렸다.

'자하신공.'

다들 하나같이 자기 싸움에 집중하고 있었지만, 그래도 보는 눈이 많다. 여기서 그걸 보이면 곤란하다.

하지만, 전력을 내지 않을 수는 없었다.

지금 눈앞에 주먹을 쥐고 있는 적수가 누구인가!

천권, 내단검문주 철무명환 역시 지닌 내공이 보통이 아니었으나 도감부장에 비해서는 조족지혈이었다.

수뇌답게 그 무력도 보통이 아니지만, 역시 압권인 건 가늠을 수 없는 무식한 내공이었다.

나름대로 무한에 가까운 내공을 소유하고 있다고 자랑하는 자신조차 기가 질릴 정도다.

그런 고수와의 싸움에서 무언가를 숨겨 가며 싸울 수는 없었다.

그래서 모든 걸 쏟아 냈다.

우르르릉!

벽력이 쳤다. 하나가 아니라, 둘이 화음을 이뤘다.

하나는 정말로 벽력의 힘을 둘렀다. 나머지 하나는 벽력을 연상시키는 고함만으로 끝났다.

그러나 그 속이 빈 것은 아니다. 검신을 두른 자색의 강기가 소용돌이치듯, 맹렬하게 회전했다.

웅웅웅!

회전에 따라 대기가 떨듯이 울음소리를 낸다. 회전수가 올라갈수록 그 여파는 더더욱 심했다.

'자하!'

멈추지 않고 끝없이 회전하는 자색의 강기

그리고 검 끝으로 옮겨 쏘아 내려는 필살의 찌르기!

'개벽!'

한일(一) 자로 그어지는 자색의 선. 그 선이 지나간 곳은 공기가 터지고, 부욱 찢어지며 폭음을 냈다.

'뇌격(雷擊)!'

도감부장 역시 지지 않겠다는 듯, 거의 동시에 자하개벽에 견줄 초식을 끝내고 출수했다.

'출호(出虎)!'

좌우의 손을 주먹을 쥐고, 동시에 뻗었다.

정권으로 내지르는 게 아니라, 직각으로 세운 팔을 양 젖 꼭지 사이 한가운데를 노리고 힘껏 휘둘렀다.

휘두른 순간 시퍼런 빛이 뿜어져 나왔는데, 그 형상이 마치 앞발을 동시에 휘두르는 맹호와 같았다.

콰아앙!

대기가 흔들릴 정도로의 충격파. 비유가 아니라, 정말로 땅이 지진이라도 일어난 것처럼 흔들렸다.

주서천도 도감부장도 물러나지 않았다. 두 다리를 기둥 삼아 굳건히 세워 정면으로 부딪쳤다.

카가가가각!

모조리 깎아 낼 기세로 회전하는 자색의 강기가 전류로 된 맹호를 잡아먹을 것처럼 덮쳤다.

그러나 맹호 역시 물러나지 않았다. 회전에 휘말려 갈기 갈기 찢겨지고 있음에도 불구하고 앞에 있는 걸 짓뭉갰다.

"아악!"

"커헉!"

비명의 근원지는 충격에 근접한 두 고수가 아니었다. 인 근에서 격전 중이던 무인들이었다.

중원의 수색대는 물론이고 도감부원, 그리고 충왕조차 충격파에 이기지 못하고, 움직임을 멈췄다.

지금은 그 여파에 휘말리지 않도록 몸을 최대한 웅크리 고 주변을 경계하는 데 집중했다.

"크읏!"

"큿!"

회피하지 않고 정면을 향해 서로를 마주 본 힘이 가운데 에 뒤섞였다가, 이윽고 버티지 못하고 폭발했다.

주서천과 도감부장 역시 이번에는 그 여파를 이기지 못 했는지, 서로 뒤로 멀찍이 날아가 버렸다.

"거참, 더럽게 강하네!"

주서천이 불만이 담긴 중얼거림을 흘리며, 수면 위를 돌멩이처럼 튕기다가 공중에서 제비를 돌아 착지. 만중검의 묘리를 이용해 체중을 최대한 가볍게 만든 다음 등평도수로 수면 위를 뛰었다.

"어딜!"

도감부장이 어림없다는 듯, 뒷발로 자갈로 이루어진 폭풍을 남기면서 강으로 뛰어들었다.

그 역시 보법과 경공의 경지가 제법 되는 듯, 아무렇지 않게 수면 위를 뛰면서 오른팔을 들었다.

시퍼런 안광을 담은 눈매는 곧장 아래를 향했는데 그걸 본 주서천이 다급하게 외쳤다.

"전부 강가에서 떨어져!"

말을 끝내자마자 달리던 걸음을 멈췄다.

자연히 수면을 지면 삼던 발이 움푹 가라앉으려 했으나, 그러기도 전에 검을 머리 위로 들었다.

"죽어라앗!"

도감부장이 머리 위로 든 주먹을 수면 위로 내리꽂는다. 당연한 이야기지만, 주먹에는 전류가 담겼다.

저게 수면에 닿은 순간, 이 강이 어떻게 될지는 안 봐도 알 수 있었다.

주서천은 신행백변을 만중검으로 얼른 전환해, 체중을 최대로 늘린 다음 동일하게 검을 내리꽂았다.

콰아앙!

벌써 몇 번째의 폭음인지 모른다. 고막이 남아나질 않는다. 한 곳도 아니고 두 곳에서 굉음이 났다.

빠지지지직!

이승과 저승을 둘로 나누듯, 만독지와의 경계선 역할을 하던 강이 대낮에 환하게 빛났다.

그냥 빛난 것만이라면 아름다울지 모른다. 그러나 전류가 강 전체에 흐르면서 죽음의 강으로 변모했다.

아래를 향해서 똑바로 긋던 수직선이 물을 통해 주변으로 슥 퍼지면서 재앙이 됐다. 그 안에 살던 생물들은 갑자기 찾아온 충격에 버티지 못하고 죽었다.

"성가신 놈!"

도감부장의 얼굴이 참혹하게 일그러졌다.

나름 노렸던 일격이었으나 정작 목표에게 닿지 못했다. 주서천이 직전에 수형(水形)을 뒤집어 뒀다.

격류의 물살은 구멍에 빨려드는 것처럼 한곳에 들어가나 싶더니, 서로 부딪치며 위로 올라갔다.

올라간 수준이 아니다. 그야말로 기둥이 되어 솟구쳤는데 그 높이가 어마어마해 하늘을 봐야만 했다.

벽력신권의 전류가 전체로 퍼지기 직전, 최대의 충격파를 원형으로 만들어 아래로 내리꽂으면서 일정한 영역 안의 물이 위로 올라 바닥까지 보였다.

수면 아래를 헤엄쳐야 할 어류가 어째서인지 애꿎은 허공을 헤엄치면서 파닥이는 게 눈에 잡혔다.

"제기랄!"

도감부장이 이를 뿌드득 갈았다. 공격도 맞지 않았을뿐더러, 눈앞의 물기둥 탓에 시야가 가려졌다.

설상가상으로 그 직후 물기둥이 다시 내려앉으며, 몇 장 높이의 파도가 덮쳐 와 주변을 집어삼켰다.

요동치는 파도 탓인지 등평도수를 유지할 수 없었던 도감부장의 몸은 물에 잡아먹혔다.

주서천은 수면의 아래에서 가만히 기다리고 있다가 도감부장이 빠진 걸 보고 다음 검초를 날렸다.

'제이식, 화우선형!'

부웅!

수중에서 휘둘러지는 검. 물의 저항으로 인해 그 속도는 느릿했지만 검초는 확실하게 펼쳐졌다.

검신을 겹겹이 두르고 있던 강기가 얽혀 있던 실타래처럼 풀리더니, 부채꼴형으로 퍼져 나뉜다.

그러나 수중에서 펼친 탓에 온전하지 않았다. 빽빽하게

자리 잡고 있어야 할 검기 다발이 늘어지면서 벌어져 그 위력이 다소 약해졌다.

꼬르륵!

도감부장이 입에서 거품을 흘리며 필사적으로 움직였지만, 수중이라 그런지 움직임에 제한이 있었다.

어떻게든 피해 보려 했으나 화우선형을 받아들였다. 피부가 슥 갈라지며 피 안개가 퍼졌다.

'크흑!'

도감부장이 고통을 참아 내며 수면 위로 향했다.

벽력신권으로 강에 전류를 내보내면 타격을 입힐 수 있지만, 호흡을 할 수 없어 제한이 생긴다.

자칫 잘못하면 순환이 꼬여 심각한 내상을 초래할 수 있어 마음대로 할 수 없었다.

주서천도 동일한 연유로 수면 위로 향했다.

호흡이 필요 없는 유령신공의 묘리의 도움도 있었지만, 사전에 호흡을 해 두었기에 가능했다.

한두 번 정도야 초식을 연달아 낼 수는 있지만, 위력도 반감하여 굳이 무리할 필요는 없었다.

"푸하!"

주서천과 도감부장이 거의 동시에 올라왔다.

물살에 휘말려 일행과 조금 멀어지긴 했지만, 그렇게까

지 거리가 있는 건 아니었다.

"죽여 버리겠다!"

도감부장이 악을 쓰며 물 위를 박차고 지상으로 올라왔다. 주서천도 그 뒤를 따라와 검격을 쏟아 냈다.

파바밧!

검 끝에서 수십 개의 검기 다발, 검의 꽃이 피어오르더니 폭죽처럼 터지며 한꺼번에 쇄도했다.

"이십사수매화검법!"

도감부장이 등을 돌리자마자 한눈에 알아보고 팔을 교차했다.

지닌 내공이 보통이 아닌 만큼, 호신강기를 아무렇지 않게 펼쳐 낙매성우(落梅成雨)를 막았다.

"허!"

주서천이 질린 듯이 혀를 내둘렀다.

등을 보인 채 공격을 받았거늘 상처를 입은 몸으로 잘도 막는다. 정말 성가신 상대였다.

십육초식인 낙매성우가 끝나자마자, 검 끝에서 피어난 매화의 숫자가 줄기는커녕 늘었다.

머리 위로 그 그림자가 도감부장의 주변을 가득 메웠다. 십칠초식인 매영조하(梅影造河)였다.

"어림없다!"

도감부장이 발을 굴렀다. 공기가 빠지직하고 터지면서 전류가 흐르는 막이 원형으로 만들어졌다.

한곳을 향해 쇄도한 매화의 검격. 그러나 그 노력이 무상하게 강기의 막에 부딪치자마자 사라졌다.

퍼퍼퍼펑!

공기가 터질 때마다 눈부신 빛이 번쩍인다. 자색과 푸른색이 만들어 내는 풍경은 무척이나 아름다웠다.

그러나 감상에 젖을 틈도 없이 검격과 권격이 공중에서 몇 번이나 부딪치면서 대기를 찢어발긴다.

시간이 갈수록 도감부장의 얼굴은 어두워졌다.

수십에 이르는 공수를 교환한 뒤, 서로 거리를 벌려 잠시 숨을 골랐다.

"이럴 수는 없다!"

도감부장이 도저히 믿을 수 없다는 듯, 경악한 표정을 지으며 외쳤다.

"고작 약관밖에 되지 않았는데 이 정도라고? 이럴 수는 없단 말이다!"

어린 나이에 화경에 오른 것만 해도 기적이다.

처음에는 화경의 고수라 할지라도 최하위라고 생각했다. 그런데 직접 붙어 보니 전혀 아니었다.

화경의 고수 중에서도 다음 경지를 앞에 둔 최상위였다.

더더욱 놀라운 건, 나이에 맞지 않은 경험이다.

도감부장은 주서천이 어리다고 결코 얕보지 않았다. 안 그래도 도발을 당해 화가 치밀어 올라 이성을 반쯤 잃은 채 찢어 죽일 기세로 공격을 퍼부었다.

정면으로 쏘아 낸 것도 있지만, 가끔 허초도 섞는 등 다양한 방법을 동원했다.

그런데 어찌 된 영문인지 화산의 후기지수, 주서천은 놀라지 않은 채 능숙한 몸놀림으로 대응했다.

마치 산전수전을 겪은 노련한 고수 같았다.

'버겁다.'

주서천도 도감부장이 부담스러웠다.

'도감부장과는 상성이 그다지 좋지 않은 것도 있지만, 칠성사와 달리 우위에 있지 않으니……'

천선과 천권의 경우에는 상황이 좋았다.

천선이야 자만하여 방심한 게 제법 컸고, 천권은 사도천주에게 집중하고 있어서 급습이 먹혔다.

그러나 도감부장과의 싸움에서는 어떤 유리한 상황도 벌어지지 않았다.

처음부터 도주 탓에 경계 중이었고, 무엇보다 장기인 내공 대결에서도 물러나지 않아 힘들었다.

이렇게 강할 줄은 예상하지 못했다.

'아니.'

주서천이 손아귀에 힘을 주었다. 검 자루의 익숙한 감촉이 느껴진다. 눈을 감았다가 천천히 떴다.

'그동안 운이 좋았던 것뿐이다.'

암천회.

그 이름은 결코 얕볼 게 아니다. 중원의 전 세력을 적으로 두고 무림을 궤멸 직전까지 만들지 않았는가.

도리어 그동안 약간의 운이 따라 줘서 좋은 결과를 얻은 거다.

'그들이 강하지 않을 리가.'

편린으로 나누어진 기억이 모인다. 화합을 맞추듯 서로 이어지고, 붙으면서 과거를 만들어 냈다.

전무후무한 전란의 시대.

전날 술잔을 기울이던 사람이 내일이면 죽어 있다.

눈을 뜨면 정파의 영웅 중 누군가가 장렬한 최후를 맞이하고, 희망이었던 전대의 은거 고수도 죽었다.

기밀로 정체조차 알지 못하는 정예 부대가 차갑게 식어 바닥에 누워 있다.

정도와 사도, 그리고 마도까지 힘을 합해 반항하여 어떻게든 이겼으나, 상처뿐인 승리였다.

그 힘이 얼마나 대단한지 알기에 경계했고, 두려워하고,

대비했다. 힘을 키우면서 싸울 날을 기다렸다.

지금도 마찬가지. 아직까지도 다양한 걸 습득하고, 수련하고, 힘을 키워 가면서 저항하고 있다.

"고맙다, 도감부장."

스스스스!

발밑에서 희뿌연 아지랑이가 스멀스멀 피어오르기 시작한다. 한 줄기가 두 줄기로, 두 줄기가 네 줄기로, 이윽고 백여 개에 이르는 줄기로 불어나고, 뭉친다.

"부족한 경각심을 다시 한 번 깨워 줘서. 너희가 얼마나 대단한지 잠시 잊고 있었다."

"혹시나 했지만, 역시나……!"

아까는 워낙 정신도 없었고, 그 색이 옅어 제대로 보지 못했지만 지금은 아니다. 확실한 자색이었다.

화산파, 아니 전 무림을 뒤져 봐도 자색이라는 특징을 지닌 무공은 하나밖에 없다.

화산파의 장문인에게만 허락된 일대신공!

"자하신공!"

입 바깥으로 뱉고 싶은 말이 많았다. 머릿속도 여러모로 복잡했다.

아무리 정파의 영웅이라고 해도, 차기 장문인으로 내정된 것이 아닌 이상 자하신공은 배울 수 없다.

그렇다면 저건 무엇이란 말인가?

장문인으로 내정되었다면 암천회가 모를 리 없다. 비밀리에 얻는 것은 불가능했다.

무엇보다 더더욱 믿기지 않는 건, 자하신공을 능숙하게 다룬다는 것이다. 신공답게 습득이 쉽지 않아 제대로 된 힘을 발휘하려면 적어도 서른은 넘어야 하는데 말이다.

"도감부장."

주서천이 무릎을 살짝 구부렸다. 상체도 살짝 낮췄다. 눈매는 여전히 독수리처럼 매서웠다.

"칠각사."

어쩌면 이무기였을지도 모르는 독혈곡의 영물.

"아니, 아니다! 그럴 리가 없다!"

불안을 느낀 도감부장이 선수 쳐서 중얼거렸다.

과거의 기억이 불현듯 떠올랐다.

독혈곡의 왕이자 고위의 영물 칠각사. 품은 내단이 기대되어 언젠가 회수하기 위해 관리하고 있었다.

그러나 하필이면 마침 사형제에게 인정받으려던 단하성과 그 일행에게 뿔이 잘렸다.

설상가상으로 거주지의 천장이 무너지면서 무참히 깔려버렸다.

그 이후에 벌어진 일은 뻔하다. 칠각사가 더 이상 위험하

지 않다는 걸 깨달은 영물들에게 잡아먹혔으리라 생각했었
다.

"그래서는 안 돼!"

혈압이 오르면서 뒷골이 당기기 시작한다. 가슴이 쿵쾅
쿵쾅 뛰었다. 불길한 감각이 등골을 지나쳤다.

도감부장은 암천회의 일원이 되면서, 도감부라는 기관이
확립되기 전부터 영약의 관리를 해 왔다.

어디 한곳에 정착하지도 않고, 쉴 틈도 없이 중원을 몇
십, 몇백 번을 돌아다니면서 신경을 썼다.

거기에 들어간 노력만 해도 보통이 아니다.

그리고 그 심혈을 기울인 노력이 정체를 알 수 없는 자에
의해 물거품이 됐을 때 화를 참을 수 없었다.

그걸 한 번도 아니고 두 번이나 도둑맞았다고?

"잘 먹었다."

"으아아악! 이 개자식아—!"

아니기를 바랐다. 절대 그럴 리 없다고 생각했다.

한 사람에게 두 번이나 도둑맞았다니. 그 사실을 깨달은
순간, 분노가 용암처럼 끓어올랐다.

인내심이 바닥, 아니 무저갱 속으로 사라져 버렸다.

그 대신 시뻘건 불꽃이 분화했다. 감정의 격동으로 인해
체온이 올라가면서 혈액 순환도 빨라졌다.

벽력신권은 양공(陽功). 극양(極陽)의 성질을 지녔다. 그렇다 보니 감정이 격양되면 참기가 힘들었다.

이성은 평정심을 찾으라고 경고했다. 주서천 정도 되는 고수를 정신을 놓고 상대할 수는 없었다.

머리로는 알고 있다. 그러나 가슴이 말을 듣지 않았다. 영혼이 살의에 휩쓸려 폭풍우 쳤다.

'기다렸다!'

주서천의 눈이 기회의 빛으로 반짝인다.

콰르르르릉!

벼락이 쳤다. 분노의 벼락이었다. 죽이겠다는 그 일념이 잘 드러나 알 수 있었다.

파―앙!

불타오르는 시퍼런 안광. 그리고 도감부장의 육신 역시 번쩍이면서 사라졌다.

정확히 말해선 사라진 게 아니다. 눈으로 좇을 수 없는 속도로 움직여서 착각한 것뿐이다.

'자하검결!'

방금 전에는 그래도 볼 수 있었다. 하지만 이번 것은 아니다. 도저히 좇을 속도가 아니었다.

사람의 한계를 벗어난 속력이었지만, 어디에서 오는지 알 수 있었다.

대기를 찢어발기는 전력, 공기의 진동, 바람이 어떻게 갈라지는지 등의 외부 정보로 방향을 읽었다.

'자하개벽!'

위이이잉!

검을 쭉 뻗자, 무섭게 회전하는 강기가 쏘아졌다.

'화우선형!'

검이 부챗살처럼 퍼진다. 일직선이 여러 선으로 나누어지면서 한꺼번에 쏘아졌다.

그러나 평소와 다르게 그 방향은 위를 향하고 있었는데, 여기에서 세 번째 변화를 겪었다.

'제삼식, 적하매장(赤霞梅藏)!'

위를 향해 한꺼번에 뻗어 가던 수십 개의 검이, 방향을 아래로 틀어 한데 모이면서 폭포처럼 쏟아졌다.

콰과과과과과과!

도감부장이 이성을 잃고 본능에 몸을 맡긴 건 실수였다.

그렇지 않아도 벽력신권은 대부분의 초식이 위력은 높으나 단순하여 읽기 쉬운 편에 속했다.

거기에서 생각을 멈췄으니 '나 이렇게 공격한다.'라고 큰소리 뻥뻥 치는 꼴이나 마찬가지였다.

그래서 그 경로를 읽고 자하검결의 초식을 계산하여 완벽한 순간을 노려서 전력을 쏟아 냈다.

"끄아아악!"

어깨 위를 짓누르는 검의 비. 눈이 어지러울 정도로 휘황 찬란한 자색의 폭포는 피로 붉게 물들었다.

그 광경은 입이 떡 벌어질 정도로 아름다워, 주변에서 숨 죽이며 지켜보던 이들조차 무심코 감탄을 터뜨렸다.

정면으로 돌격했으나, 그 몸은 무사하지 못했다. 검으로 된 폭포가 온몸을 꿰뚫어 구멍을 냈다.

누가 봐도 무사하지 못할 거라 판단할 상황. 몸에 호신강 기를 둘렀지만 정면으로 맞았기에 버티지 못하고 깨져 버 렸다.

그렇게 모든 것이 끝났나 싶었다.

하나.

주서천은 방심하지 않는다.

주서천은 안심하지 않는다.

주서천은 자만하지 않는다.

'제사식(第四式).'

붉은빛으로 물든 폭포가 지면에 떨어진 순간, 천지가 진 동한다. 세상이 붕괴된 것처럼 흔들린다.

정확히는 한곳을 노리고 폭사된 강기의 양에 지반이 무 너지고, 박살 나고, 충격파에 공기가 터졌다.

그리고 그 폭포는 도감부장의 육신을 꿰뚫고 아래로 떨

어졌다가, 사라지지 않고 공중으로 떴다.

"교탈조화(巧奪造化)."

의식이 꺼져 가는 중에도 도감부장은 눈이 뒤집어진 채로 피를 울컥 토해 내며 원망과 분노의 외침을 흘렸다.

"네, 이놈…… 주서천……."

결코 잊을 수 없는 그 이름.

"주서처어어어어어어언—!"

쏴아아아아아!

폭포는 공중으로 떴다가 구름이 되고, 이윽고 소나기처럼 굵은 빗줄기가 된 검편이 쏟아졌다.

콰과콰과과!

살이 찢긴다. 팔이 잘렸다가, 수십 조각으로 나뉘며 고기 조각으로 변했다.

수백 개가 넘는 구멍이 난 그 육신은 형체를 알아볼 수 없도록 갈기갈기 찢겼다.

〈다음 권에 계속〉

화산전생

"이번에는 다를 거다.
너희 뜻대로는 되지 않아."

새로운 운명, 그리고 다시 움직이는 피의 수레바퀴.
지금 여기서 회귀 영웅의 전설이 펼쳐진다!

정준 작가의 신무협 장편소설
『화산전생』을 가장 빨리 보는 방법!

'스마트폰으로 접속!'

龍劍帝傳

용검제전

ORIENTAL FANTASY STORY & ADVENTURE

윤민호 신무협 장편소설

『악제자』, 『용맹마도』의 작가!
윤민호 신무협 장편소설

몰락한 작은 무문에서 맺어진 기이한 인연(因緣),
천하를 격동시킬 전설은 그렇게 시작되었다!

dream
books
드림북